小林秀雄のリアル

創造批評の《受胎告知》

佐藤公一 著

はじめに

小林秀雄は、「文学の聖なる火」を持っている、と私は確信している。二十歳過ぎの時、一冊の小林秀雄の文庫本に熱狂させられて以来、ずっと小林秀雄をはなさなかった。付き合えば付き合うほど、「文学の聖なる火」に身を焼かれ、きたえられた。四十年もの長い文学人生である。

ただ、戦時下の小林秀雄の対処のまずさも眼についてきた。だからといって敬愛の念を失ったりはしない。そもそも私たちは戦争も知らないし、戦時下に生まれていたら右翼の少年になっていなかったという自信もない。幸運にも戦後の日本の民主主義の時代に生まれただけだ。本書で小林秀雄の批判めいたものもしているが、私は自分の幸福が「偶然」のもたらしたものであることを忘れない。

それにしても、インターネットのテクノロジーの発達に始まる、ローテックな書籍文化の衰退、特に「純文学」の衰退には眼をおおいたくなる。どうか、純文学の火を！　活字文化の振興を！

私たちの世代は、戦後文学の隆盛を幸福にも体験している。その盛時期の「ポストモダンの思想」の日本への流入もあった。私自身はその潮流にも、どっぷりつかった世代である。

ポストモダニズムは、体制の権力や、「学校」というネットワーク化された教育権力システムも暴いた。小林秀雄の文学は、この面でも、ドストエフスキーを通じてアクチュアルに現代とかかわってくる。引きこもりの問題なども、巨大化した資本主義の問題なのだ。

本書はボードレールの影響を受けた文壇デビュー作品「様々なる意匠」を代表とする「印象批評」から始まった小林秀雄の文学を、一般の文芸時評にあきたらず、ドストエフスキーの魅力に憑かれるとともに「創造批評」を産み出すまでの営為を基軸に、批評作品を時間にほぼそったかたちで構成した。「創造批評」の成果としては、評伝作品『ドストエフスキイの生活』が著名であるが、筆者は、批評文「レオ・シェストフの『悲劇の哲学』」やドストエフスキーの作品についての戦前のみずみずしい批評文、『罪と罰』論や『地下室の手記』論の現代的可能性に注目した。

目次

凡例

一、小林秀雄のテキストは、『小林秀雄全作品』（新潮社　二〇〇二年一〇月〜二〇〇五年五月）をもとにした。ルビは適宜に処理した。

一、引用文の後の括弧内の算用数字は、『全作品』の巻数を示す。「1」は、『全作品』の第一巻という意味であり、引用の頁を記した。

一、他の文献の引用も現代仮名遣いに改めた。

第一章　「様々なる意匠」のポテンシャル

1

小林秀雄は、総合雑誌『改造』の懸賞論文第二席の「様々なる意匠」(一九二八年九月)、この《文壇デビュー評論》で、最初から、ズッコケてみせる。曰く、

吾々にとって幸福な事か不幸な事か知らないが、世に一つとして簡単に片付く問題はない。
(「1」一三五頁)

と。私も昔は、ありがたがって、この書き出しの一文を真面目な顔で読んでいたが、ちょっと考えてみると、変である。世の中には、簡単に片づく問題もあり、数学のテストペーパーにも、簡単に

片づく問題と、そうでない問題がある。また、もう少し後のほうには次のようにある。

例えば月の世界に住むことは人間の空想となる事は出来るが、人間の欲望となる事は出来ない。

（「1」一三六頁）

これは、この文章が時代とともに古くなったことを示している。現代では欲望となることができる。科学の進歩の問題である。小林秀雄の責任ではない。

もう一度、冒頭に戻ってみよう。清水孝純氏の『鑑賞　日本現代文学⑯　小林秀雄』（角川書店一九八一年一二月）で氏が指摘されている、「カール・マルクスの影響」と思われるものがある。『ドイツ・イデオロギー』である。それには「言語は意識とおなじようにふるい」（古在由重訳）（七九頁）と書いてあって、「様々なる意匠」の第二文とよく似ているというのである。そういうこともあろうと思われるが、小林秀雄は次のように記している。

遠い昔、人間が意識と共に与えられた言葉という吾々の思索の唯一の武器は、依然として昔乍《なが》らの魔術を止めない。

（「1」一三五頁）

これは単なる影響というよりも、深化発展させた言語認識である。「若《も》し言葉がその人心眩惑《げんわく》の魔術を捨てたら恐らく影に過ぎまい。」（「1」同前）とまで、言っている。《魔術》という重要な語彙が加わっている。これをいわゆる「影響」だとすると、もとは、そうであったとしても、かなり小林秀雄独自の消化と言わざるをえない。

小林秀雄は、「近代批評の祖」と称賛されたりする。小林秀雄以前には、自立した「文芸批評」というジャンルは確立していなかったのである。「文芸批評の萌芽」みたいなものは、あったには、あったけれども、「文学のジャンル」としての独立力が弱かったのである。

「様々なる意匠」の冒頭に戻ると、いわゆる《近代》と《魔術》は、とても遠い、無縁の関係にあるというか、《近代》からは《魔術》は「排除」されて当然のように、私たちは考えがちである。《近代》と言ったら、なんといっても《科学》だろう、ということになる。《魔術》なんて「非科学的」じゃないか！　しかし、小林秀雄は、《魔術》なのである。近代文学が衰えたのも、実は、この「言葉の《魔術》」の潜勢力を喪失したからにすぎない。

実のところ、《科学》だって、宇宙の謎の二、三割しか解明できているかどうかといったところであろう。それさえも、あやしい気がする。だいたい「宇宙の謎の総量」ってやつをわかる人なんかいるわけがない。

2

ところが、小林秀雄は《魔術》を先頭に立たせて、近代批評のマグマを噴出させたのである。私たちは、みんな、このことを忘れている。「言葉の《魔術》」の旗を碧天に高々とかかげ、風に翻したのだ。

所謂《いわゆる》印象批評の御手本、例えばボオドレエルの文芸批評を前にして、舟が波に掬《すく》われる様に、繊鋭《せんえい》な解析と潑剌《はつらつ》たる感受性の運動に、私が浚《さら》われて了《しま》うという事である。この時、彼の魔術に憑《つ》かれつつも、私が正《まさ》しく眺めるものは、嗜好の形式でもなく尺度の形式でもなく無双の情熱の形式をとった彼の夢だ。

（「1」一三七頁）

またしても、《魔術》！　情熱、エクスタシーの形式だ。レナード・バーンスタインには、彼のイキ方があり、カルロス・クライバーには、彼のイキ方がある。美的クセがある。指揮者は音楽で情熱をほとばしらせ、巨大なスケールで噴出させるのだが、フローベールやドストエフスキーは「言葉の《魔術》」によって読者をイカせる。ボードレールも、そうだ。魅惑し、読者の魂に憑依する。芸術とは、創作者の情熱の世界に《呑み込まれる》体験だ。恍惚として酔いにわれを忘れることだ。「嗜好」(好き嫌い)とか、「尺度」(物差し)で、作品の外部から、「科学的」に判断するものではない。芸術作品に「酩酊する」ことを知らないで、「批評研究をする」などというのはおこがましい。相手の情熱の物凄さに、もみくちゃにされ、没入させられて忘我の状態になることが必要だ。私たちは、「様々なる意匠」が生まれたのが、アルチュール・ランボーの詩集『地獄の季節』による、小林秀雄爆殺事件の後だったことを忘れてはならない。爆発によって小林秀雄の心身は粉微塵に吹き飛んだのである。

僕が、はじめてランボオに、出くわしたのは、廿三歳の春であった。その時、僕は、神田をぶらぶら歩いていた、と書いてもよい。

(「15」一一四頁)

二十三歳は、数え年である。現代的には二十二歳。これは、「ランボオ　Ⅲ」(『展望』一九四七年三月初出）からの引用である。「と書いてもよい。」とは、なんという「正確な歴史的事実」の表現ではないか。「と書いてもよい。」とは、さすがである。「ぶらぶら歩いていた」の表現のテキトーさかげんに精確に対応している。実に「実証的」である。

脱線するが、テレビの大河ドラマを視聴していて、時々、ばかばかしくなる。何年何月何日何時何分何秒に、誰が、どんな顔をして、何を言ったかなんて、正確な記録なんか、ありえない。それにくらべれば、小林秀雄の「と書いてもよい。」は「表現」として正しい。引用を続けよう。

向うからやって来た見知らぬ男が、いきなり僕を叩《たた》きのめしたのである。僕には、何んの準備もなかった。（同前）

これは、現実ではない。ランボーとの出会いの比喩表現である。架空の文章である。「見知らぬ男」は、ランボーである。文学的にも未知の存在であったことを示唆している。引用は、現実に転換する。

ある本屋の店頭で、偶然見付けたメルキュウル版の「地獄の季節」の見すぼらしい豆本に、どんなに烈《はげ》しい爆薬が仕掛けられていたか、僕は夢にも考えていなかった。
（同前）

あらら、この引用も後半は現実ではない。比喩である。なあるほど、文章とは、こういうふうに書くものなのだ。「豆本」とは、「新書」のようなものらしい。

而《しか》も、この爆弾の発火装置は、僕の覚束《おぼつか》ない語学の力なぞ殆《ほとん》ど問題ではないくらい敏感に出来ていた。豆本は見事に炸裂《さくれつ》し、僕は、数年の間、ランボオという事件の渦中にあった。それは確かに事件であった様に思われる。文学とは他人にとって何んであれ、少くとも、自分にとっては、或る思想、或る観念、いや一つの言葉さえ現実の事件である、と、はじめて教えてくれたのは、ランボオだった様にも思われる。
（同前）

「言葉」とは「現実」だ。ここで、ふつうの人の感じ方から、大きく変貌した小林秀雄の実存的主体の変成がある。「思われる。」を謙抑的に反復しているが、この「断定」しない表現は、かえって「事件」の重大性を語って、バランスをとっている。

この「事件」の凄まじさは、「ランボオ　I」（『仏蘭西文学研究』一九二六年一〇月初出）という、魁偉な作品となっている。これが、「真の読書体験」というものである。人間存在が根底から破壊される。これは今日で言う「読書」の常識では考えられないことである。小林秀雄の《感受性》の鋭敏さとキャパシティーの巨大さである。感受力、鑑賞力のキャパシティーが急激に、爆発的に「開発」され、《文学の美》の大きく新しい味わいを知り、「文学の世界」が広がったのである。男が、あるいは女が、新しい《異性の魅力＝美》を知って、自分の世界が広がっていくように、「読書行為」というのは、それほど安直なものではない。おとなしくて、良い子の暇つぶしではない。本質的に過激な行為である。「教養」とは、過激なものである。

近代文学の歴史において、「文学は男子一生の事業たりうるか?」というような不安は、小林秀雄においては「剛直な確信」にまで高まっている。文学の大地は、広大で盤石の礎が「批評というジャンル」にも築かれたのである。

小林秀雄のアルチュール・ランボーによる、意図せざる爆殺事件は、どのように「映像化」できるだろうか。「言葉の《魔術》」を「映像」は超えられるだろうか。私の言う「爆殺事件」も、もちろん比喩である。小林秀雄は、アルチュール・ランボーの《美神》の文学的快楽によって爆死し、目覚めたのである。

3

「百聞は一見に如かず」とは、よく言ったもので、《視覚》の弱点を精確に表している。逆説的に言えば、「眼で見れば」、「わかった」と思う浅はかさである。「眼という感覚器官」は、人間の五感覚の中でも非常に優位に立っているがために、それ以上の努力を要しないようにも見える。「眼」は、「奪われて」しまえば、それっきりである。

「百聞」は、「千聞」かも、「百万聞」かもしれない。「耳」から、無数の音声言語が流入してくる。「言葉」の洪水である。それでも、「一見」に負ける。ひと目で、「なあんだ、そうだったのか」と納得してしまう。「映像」は、「言葉」よりも、《限定性》が強烈である。それに対して「言葉」のほうが、「赤い」と言えば、人の数だけ「赤」があるのとは、大違いである。「言葉」は《限定性》が弱くて、曖昧である。

「言葉」というか、《文字記号》も同断である。「文字」は、ある程度、限定しつつ、また、限定しない。『源氏物語』とかだと、平気で、古語辞典の真逆の「意味」で書いている時もある。文脈からして、通常の意味の真逆の意味内容にならないと文章が壊れてしまう。紫式部は、手弱女どころか、「剛腕」なのである。これが、小林秀雄でも「言葉の《魔術》」の秘鑰なのである。

脳天気に、《言葉の定義》を決めたりするが、「言葉」は人類の歴史の潜在意識を形成し、生成しつつあるものなので、うまくいくわけがない。柄谷行人氏もどこかで言っていたではないか、「言語は〈運用〉だ。」と。辞書の説明、語義は、「意味内容の仮住まい」でしかない。

「文献」に基づいて「実証的」に仕上げた本だ、などと言っても無駄である。そもそも、そのもとになる「文献」が、「文字」の集合体ではないか。「文字」というものが人類の歴史の無意識と切り離せない限り、「科学的」な「研究」などとは、口が裂けても言えない。人類の歴史の無意識から、切り離された「言葉」は、「言葉」ではなくなってしまう。もはや「文字」、「言葉」とは言えず、正体不明の「言葉」ではない、非在である。

いわゆる「実証的」、「科学的」書物などは、「厳密には」存在しない。あったら、死物である。どんな書物も、生きているのは、「言葉の《魔術》」の力による。曖昧なものの集合体は、本質的に曖昧なものにしかならない。ピカソも言っている。純粋な「抽象」は存在できない、と。

「言葉」、というより、「文字」は、「読まれる」ものである。江戸時代の中期に『論語』などの「読み」に一生をささげた、伊藤仁斎という漢学者がいた。周知のことである。小林秀雄が〈考えるヒント〉シリーズの一編として書いた批評作品「学問」（『文藝春秋』一九六一年六月初出）に出てくる。例のごとく、初出と現行のテキストでは異同がある。よく知られていることであるが、伊藤仁斎は「仏教の禅」の「心法」を若い時に経験している。仏教の観法は、「文字」を読む時の「心的状態」に大きく影響したであろう。国学者の契沖も僧侶であった。「心法とは、仏語であろう。」と小林秀雄も書いている。ある心的状態を作り出して、「文字」の「意味」を見つけていくのである。『仁斎日札』にもあるが、小林秀雄は、次のように書いている。

仁斎の読書法では、文章の字義に拘泥せず、文章の語脈とか語勢とか呼ぶものを、先ず摑め、と教える。個々の動かぬ字義を、いくら集めても、文章の語脈語勢という運動が出来上がるものではない。先ず、語脈の動きが、一挙に捕らえられてこそ、区々《くく》の字義の正しい分析も可能なのだ。

(「24」二〇頁)

契沖に始まる国学の「近代性」は、実は、仏教の「心法」の精神性の高さと厳格性に淵源を持つものである、とも言えるのではなかろうか。小林秀雄も流れとしては、先行する五山文学を重視している。現代的な「語の用例」を比較検討して、「意味内容」を《帰納》するといった、机上の知的整理術《帰納法》とは、次元が違うのではないかと思う。

「言葉」の「意味」を考える上では、「読者」のほうの「心の状態」が大きい。精神的な全人性を要求される。それは、小林秀雄の言うように、その人の「生き方」にまで深くかかわってくるだろう。「生き方」が「語義」に反映される、と言ってよい。小林秀雄は、次のようにも批評作品「学問」で指摘している。

仁斎の言う「学問の日用性」も、この積極的な読書法の、ごく自然な帰結なのだ。積極性という意味は、勿論《もちろん》、彼が、ある成心や前提を持って、書を料理しようと、書に立ち向かったという意味ではない。彼は、精読、熟読という言葉とともに体翫《たいがん》という言葉を使っているが、読書とは、信頼する人間との交わる楽しみであった。「論語」に交わって、孔子の謦咳《けいがい》を承け、「手ノ之ヲ舞ヒ、足ノ之ヲ踏ムコトヲ知ラズ」と告白するところに、嘘はないはずだ。(「24」一二一頁)

「手ノ之ヲ云々」は、『易経』の言葉の借用である。今日では、インターネットでも確認できる。仁斎のような精神の喜びの衰え、仁斎のような全身的な読書の楽しみを忘れたことが、「文学」の衰弱に直結している。

話が横道にそれてしまったが、もとに戻すと、どんな大作の批評研究の著作も、微視的には、小林秀雄のいう《印象批評》の破片の集積である。「創造的な《印象批評》」は、近代的な意味での「心法」が必要とされる。これも、柄谷行人が言ったように、カントの哲学の基礎的な技術である。これは、拙著『小林秀雄の批評芸術』でも述べたとおりであるから、繰り返さない。ハイデガーも解釈学の立場から、カントを継承している。いくら「科学的」といっても、「実証的」といっても、「文字」を扱うのは生身の人間である。こんな自明なことはない。ヒューマン・エラーもあれば、ヒューマンな創造性もある。時代的な制約もある。情熱、狂熱も、また高い精神性も書物には表れる。

筆が走りすぎたようだ。「様々なる意匠」に帰ろう。

ともかくも、

遠い昔、人間が意識と共に与えられた言葉という吾々の思索の唯一の武器は、依然として昔乍らの魔術を止めない。(同前)

という一文は、非常に、重い人類の歴史を背負っているのである。

4

私は非合理主義者でも、反科学主義者でもない。「科学的」という言葉の、あまりにも無頓着な使用と氾濫にあきれているだけだ。誤解のないようにお願いしたい。

「様々なる意匠」から、引用しよう。

芸術家達のどんなに純粋な仕事でも、科学者が純粋な水と呼ぶ意味で純粋なものはない。彼等の仕事は常に、種々の色彩、種々の陰翳を擁して豊富である。この豊富性のために、私は、彼等の作品から思う処を抽象することが出来る、と言う事は又何物を抽象しても何物かが残るという事だ。

（「1」一三九頁）

この、小林秀雄の指摘する、真正の「芸術家の作品の豊富性」は、批評家たちや、一般読者が、飲んでも飲んでも、涸れることのない《泉の永遠性》に通じる。「芸術は永く、人生は短い」という、あれだ。

『近代文学鑑賞講座　第十七巻　小林秀雄』（角川書店　一九六六年一二月）で、吉田凞《ひろ》生《お》氏は次のように述べられている。

小林には「プロレタリア文学」と「ブルジョア文学」の区別はなかった。ただすぐれた文学と劣った文学、というよりは文学と文学ではないものがあっただけである。（六二頁）

「様々なる意匠」を評されての認識である。正鵠を射ていると思われる。「文学」であるものと、そうでないもの。小林秀雄は、もちろん「読み捨て」にされるような「文学」でもなく、《歴史の淘汰》を超えて、古典となる「文学」を求めていたのである。

検定教科書の「国語」の定番教材だからといって、その作品の「評価」が安定しているわけではない。教科書会社は、教員の意見をアンケートしながら、教材を選ぶ。その際、教員は「自分が教えやすかった」、ルーティンの教材を欲しがる。ただ、それだけである。

二十年以上前から、「読書感想文コンクール」はノンフィクションが圧倒的である。「文学」は少なくなっている。教科書に載っているからといって、これは、いい作品だ、とか言って、その上にあぐらをかいている時代は、遥か昔に過ぎ去った。大学の文学部も、どんどん消えていっている。

教科書には、漫画文化のルーツを受けた、吉本ばななの作品が載ったりしている。

小説作品も、話題になると、「映画化」されて消費財になってしまう。原作は見る影もない。この現象は戦前から始まっている。話題作になることが目的で、小説の質は落ちていった。吉田凞生氏の指摘された認識を、小林秀雄がつらぬくのであれば、「文芸時評」をやめるのは時間の問題だったと言ってよい。

現実に真正の「文学」を求めることができないとき、自分自身で「批評文学」を小林秀雄は創造しなければならなかった。《創造批評》の始まりである。しかし、《印象批評》は死んだわけではない。カントがロマン派の文芸の《印象批評》の原理から、代表的三部作を生み出したように、小林秀雄の「文学」の地下水脈は、《印象批評》である。「心法」である。その精神活動の水脈は、「文字の巨大な集合体」としての、畢生の大作『本居宣長』となって結実する。『本居宣長』は、「様々なる意匠」で自ら認識した、芸術作品の「豊富性」を内包している。「傑作の豊富性」である。

ところで、吉田凞生氏の言われる、「文学と文学でないもの」の基準は、どこから生まれたものであろう。私は、小林秀雄が小さい頃から、父親の仕事を手伝ったことに関係があると思う。父は、「日本ダイヤモンド株式会社」のお偉いさんだった。レコードの針を作ったりした。小林秀雄は仕事を手伝いながら、西洋音楽の《耳》の基礎を養った。だから、「文学」の《感動》と「クラシック音楽」の《感動》を心の中でくらべてみることができた。モーツァルトやベートーヴェンの作品から受ける《感動》の「質」と「スケール」、「精神性の高さ」を比較対照できたのであった、と思われる。ここから、小林秀雄の「真贋批評」、「高い質の要求」が生まれたように思われる。戦後の批評作品『モオツァルト』も、「視覚＝劇」を排除して、オペラ無視になりがちだったのも、《耳》の幼少期の体験からくるものと思われる。ドイツ＝オーストリアの音楽の伝統と対決させられる、日本の文壇小説はたいへんだったと思われる。《耳》を持ってしまった小林秀雄も苦しい。また、アルチュール・ランボーの『地獄の季節』の心神喪失するような感動を知ってしまったら、やはり、苦しいであろう。小林秀雄は『地獄の季節』（白水社　一九三〇年一〇月）一巻の日本最初の訳者となった。ランボーの詩の訳の寄稿は、批評作品「志賀直哉」より早く始められている。いずれも「様々なる意匠」の一九二九年のことである。

5

「様々なる意匠」にバルザックにふれた次のような部分がある。

「人間喜劇」を書こうとしたバルザックの眼に、恐らく最も驚くべきものと見えた事は、人の世が各々異った無限なる外貌をもって、あるが儘《まま》であるという事であったのだ。彼には、あらゆるものが神秘であるという事と、あらゆるものが明瞭であるという事とは二つのことではないのである。

（「1」一四七頁）

これは、バルザック＝小林秀雄の《実存》である。なぜ私という人間が生まれ、また、なぜ、この世が存在するのかという不思議である。一種の「独我論」であり、自己の自我以外を、すべて空虚なものとみなすことである。仏教の「空観」とも通じる。西洋では、ハイデガーの『存在と時間』によって、「独我論」は超えられたが、それでも不思議は、不思議である。また、狂詩人ネルヴァルについて言う。

「この世のものであろうがなかろうが、私が斯《か》くも明瞭に見た処を、私は疑う事は出来ぬ」と。

（「1」一四八頁）

「現実の現実性」と「現実の空虚感」のダブル・バインドである。「現実のリアルさ」と「現実の非現実性」である。少年の本質的な疑問を、成人になってからも持続させている。「現実のナンセンス」と「現実のリアリティ」に引き裂かれている。「現実」は、「世界」は、ナンセンスでありながら、切実でもあり、重大でもあり、豊饒でもあり、死なない限り、逃れられないし、死んだらどうなるかも不可知である。小林秀雄は、極限まで考えて、「写実主義」と「リアルであること」の問題を掘り下げている。

「象徴主義」に関する考察は、次のように言われる。

この運動は、絶望的に精密な理智達によって戦われた最も知的な、言わば言語上の唯物主義の運動であって、恐らく彼等にとっては「象徴主義」などという名称は凡そ安価な気のないものに見える態のものだったのである。浪漫派音楽家ワグネル、ベルリオズ等が音によって文学的効果を狙った事を彼等は逆用し、文字を音の如き実質のあるものとなし、これを蒐集《しゅうしゅう》して音楽の効果を出そうとした。

（「1」一四九頁）

この「象徴主義」の定義には、前出の書で、清水孝純氏は、マラルメやヴァレリーの影響を指摘しつつ、明確な評価を下している。

「言語上の唯物主義」の運動とは、（中略）音楽からその美を奪還しようとしたものであり、いわゆる唯物論とは、関係のない、というよりは、その精神の志向において、むしろ対蹠的なものに他ならなかった。　（九七頁）

「言語上の唯物主義」とは、〈シニフィアン〉と〈シニフィエ〉という、ソシュールの言語観がよく知られている現代では、無効であろう。象徴詩は、〈シニフィエ〉を黙殺できなかったし、〈シニフィアン〉の物質性にのみよったのでもなかったからである。そして、さまざまに小林秀雄は論じたあげく、「象徴主義」も「写実主義」の問題であるとしてしまうのである。結局、小林秀雄は、どんな「意匠」でもよいけれど、つまり、どんな技術や方法であろうと、「読み手」に、その芸術作品の《美》がリアルに伝わって来さえすればよいのである。小林秀雄は、「写実主義＝レアリスム」を「象徴主義」にも適用して、「象徴主義のレアリテ」を同じ地平に捉えるのである。だから、「様々な《意匠》」を剥奪するのである。ゆえに、『ドン・キホーテ』も同じ地平線上に並んでしまうのである。

「ドン・キホーテ」は人間性という象徴的真理の豪奢《ごうしゃ》な衣を纏《まと》って、星の世界までも飛んで行くだろう。

（「1」一五〇頁）

6

小林秀雄は、マルクスを評して「様々なる意匠」で次のようにも言っている。

認識論中への、素朴な実在論の果敢な、精密な導入による彼の唯物史観は、現代に於ける見事な人間存在の根本的理解の形式ではあろうが、彼の如き理解をもつ事は人々の常識生活を少しも便利にはしない。

（「1」一五二頁）

これは、現行のテキストであるが、初出でも変わらない。小林秀雄は、終生、この部分には手を加える必要を認めなかったらしい。私には、《寝言》を言っているようにしか聞こえない。「マルクスの思想が、人々の常識生活を《便利》にする？」。なんだ、これは！　そして、さらに小林秀雄は続ける。

換言すれば常識は、マルクス的理解を自明であるという口実で巧みに回避する。（同前）

「巧みに回避」しているのは、小林秀雄自身である。

或は常識にとってマルクスの理解の根本規定は、美しすぎる真理である。（同前）

私が思うに、「美しすぎる真理」ではなく、過酷な現実の《悲惨な真理》である。さらに続けて、引用してみよう。呆れるばかりの言葉が続く。

或は飛躍して高所より見れば、大衆にとってかかる根本規定を理解するという事は、ブルジョアの生活とプロレタリヤの生活とを問わず、精神の生活であると肉体の生活であるとを問わず、彼等が日々生活するという事に他ならないのである。（同前）

なんだろう、この文章は！　「高所より見」る必要など、まったく無い。まだ、続く。

現代人の意識とマルクス唯物論との不離を説くが如きは形而上学的酔狂に過ぎない。（同前）

なんだ、このわけのわからない断言の連続は。

『白樺』派の素朴な、人生論的「人道主義」が、マルクスの思想の重量に耐えきれなかったのであろうか。吉田凞生氏の指摘するように、小林秀雄は「政治的」には無能な人であった。

当時の小林が政治的には特に意見がなかった、ということ、あるいは一般大衆と同次元の政治的判断しかなかったということを仮定する必要がある。そしておそらくこの仮定は正しいのである。今日まで小林は実生活者としては、大衆が状況に適応したように適応したにすぎない。

（六二頁）

これは、「様々なる意匠」についての前掲書の記述である。私は、大いに首肯したいと思う。《小林秀雄の「政治的真空」》である。この、小林秀雄の《政治意識の「真空」》に、「社会化した私」も、出現して、戦後の大論争となったのである。諸説紛々、結論が出るわけがない。「政治的真空」は、どんな論をも、どんな学説をも、容れたであろう。

小林秀雄の著作には、「小林多喜二」という固有名が、まったく出てこない。小林秀雄は、浅草の「待合」によく深田久弥を誘ったそうである。しかし、小林多喜二のように、小説「瀧子其他」のような作品は書けもしなかったであろうし、女郎生活から救い出そうなどとも思わなかった。《「文学的」知識人》ではあったが、政治的には「大衆」に属する人間であった。

「ランボオ　Ⅱ」（「地獄の季節」白水社刊　一九三〇年一〇月所収）に、ランボーと出会った頃のことが、書かれている。

その頃、私はただ、うつろな表情をして、一日おきに、吾妻橋からポンポン蒸気にのっかって、向島の銘酒屋の女のところに通っていただけだ。船は、私のお臍《へそ》のあたりまで機械の音をひびかせて、早いような、遅いような速力で、泥河をかき分けて行く。私の身体は舳先《へさ》きに坐って、半分は屋根の蔭になり、半分は冷っこい様な陽に舐《な》められて、「地獄の季節」と一緒に懐中にした、女に買って行く穴子《あなご》のお鮨が、潰《つぶ》れやしないかと時々気を配ったり、流れて来る炭俵を見送ったり、丸太が一本位は船と衝突してもよさそうなものだなどと、なるたけ考えても

何んにもならない事を択《よ》って考える事にしようと思ったりする。　（「2」一四九頁）

当時の、非政治的な、貧乏書生の「青春」である。「銘酒屋」とは、このテキストの脚注によれば、「銘酒を売るという看板を出した下等の遊女屋」である。

《「文学的」知識人》であった、小林秀雄は「大衆的生活意識と政治意識」の持ち主であった。人生論的な厳しい「審美眼」と情熱で、こののち、豊饒な文学的活動をした。

「様々なる意匠」は、すでにして、その大きな可能性を示すとともに、限界を露呈していた。

第二章　風雲児小林秀雄への大谷崎の逆襲

1

私たちには、小林多喜二の軌跡は、文学的なものとは映るが、小林秀雄には「小林多喜二の作品」は「文学でないもの」（吉田凞生氏の言われるところの）であったに違いない。小林多喜二の作品は、研究者日高昭二氏の小林多喜二批評に文学的に劣っているような感じを受けることがある。小林多喜二の作品より、日高昭二氏の小林多喜二批評が美しいのである。そこで小林多喜二はイデオロギーや生き様には聖なるものがあったが、文学的には、どうかということになる。こういう論理で、小林秀雄の小林多喜二の黙殺ということがあったと思われる。

いずれにせよ、小林秀雄は「様々なる意匠」に引き続いて、「志賀直哉」という批評作品をものし、晴れて、『文藝春秋』に「アシルと亀の子」という奇妙なタイトルの「文芸時評」を一九三〇年四月から、一年間、途中でタイトルは変えたが、たいへんな好評のうちに連載を終えた。檜舞台での獅子奮迅の活躍であった。小林秀雄は、昭和文壇の風雲児となった。文壇を席捲したと言ってよい。あまりにも「歯に衣着せぬ」、批評的裁断は、あとで、単行本や全集にする時、あたりさわりのないように、訂正削除しなければならなかった。「文芸時評」と言いながら、作品評の少ないのも特色であった。連載も、あまりの好評に、延長されて一年間になったものである。

そして、その後、室生犀星、谷崎潤一郎、里見弴などの既成作家論に筆を染める。まず、部分的に興味深いのは、「室生犀星」（『改造』一九三一年四月）である。

小林秀雄は、「西洋の近代小説」をモデルにした、日本の近代小説批評をするが、小林秀雄の文学的教養がそこにあるのだから仕方がないとしても、時々、嫌味にもなる。

先日も大宅壮一氏の訳本でゴオリキイの「四十年」を読んで今更の様に感じ入った事であるが、作中に特に絵画的な或《あるい》は音楽的な効果をねらっていると思われる処が一つもない、という事は、消極的性格ではあろうが、すべての立派な小説に共通した一性格ではないかと思われる。すべての力は人間典型の創造に向って集められ、あらゆる装飾は、この力の集中を助ける以外に意味をもたぬ。描き出された人間等は、音楽的にも絵画的にも描かれていない、作家の夢みた性格として而もそれが必要なすべてだという調子で描かれている。
（「3」七一頁）

これは、室生犀星論の前置きであろう。しかし、「近代小説の典型」としての、《散文精神》のお手本である。もっとも、マキシム・ゴーリキーはロシアの小説家であって、厳密には、西欧とは言えないけれども。もしかして、「アシルと亀の子」連載の時点から、中野重治と共有していた、ドストエフスキーがすでに頭にあったかもしれない。中野重治も、ドストエフスキーの右翼的イデオロギーを超えて、強い関心を示していた。

成る程言葉という複雑至便な記号は、あらゆる魔術を振い得るが、小説では言葉というものは所詮、人間性格の創造の為に、人間関係の実験の為に招集されるべきものだと私は信じている。これが、小説になるならないは偏《ひとえ》にこの一点にかかる底《てい》の、小説始って以来の鉄則だと心得る。
（同前）

「室生犀星」という批評文で、ここいらへんまで、登場する外国作家は、ジャン・コクトー、バルザック、ポール・モーランである。批評作品「志賀直哉」にも、エドガー・アラン・ポー、マルセル・プルーストまで登場していたのは、さすがに奇妙な感じを受ける。

この、小林秀雄による、《近代小説の本質的規定》は、厳格な「散文」の視点からのものである。詩人から出発して、独特な小説を書くようになった室生犀星に関しては、柔軟に今までの文学者としての足跡をたどっているが、このように「西洋近代の文学の《ネガ》」として、作品批評する《癖》が、ほとんどパターンとしてあることを確認するだけにしておいて、私は、批評作品「谷崎潤一郎」(『中央公論』一九三一年五月)を考察したいと思う。この「谷崎潤一郎」は、一九二七年三月の佐藤春夫「潤一郎。人及び芸術」(『改造』)を踏まえつつ、創作した批評作品である。谷崎潤一郎論は、批評研究が現在、どの程度進んでいるか、つまびらかにしないが、この小林秀雄のものはかなり影響力を持ったものであると思う。谷崎潤一郎の「近代的批評精神」の「欠如」は、佐藤春夫も指摘していたが、小林秀雄が、この論で積極的なその「欠如」のダメ押しをしたのである。

2

小林秀雄は少年時代に、デビューした谷崎潤一郎の鮮烈な印象を記している。ちなみに、谷崎潤一郎は一八八六年（明治一九年）生まれ、東京大学で小林秀雄がお世話になった恩師、辰野隆《ゆたか》は一八八八年（明治二一年）生まれで、小林秀雄自身は一九〇二年（明治三五年）生まれである。谷崎潤一郎から見れば、生意気な若造であろう。この批評作品の執筆時は、三〇歳にもなっていなかった。

　氏が所謂自然主義文学の蒼白な肌に、芳烈絢爛《ほうれつけんらん》な刺青をほどこし、忽《たちま》ち吾が文学界を席捲《せっけん》したと見えた華々しさは、人々周知の事である。

（「3」八五頁）

「刺青」は言うまでもなく、初期の谷崎潤一郎の傑作短編のタイトルを引用したレトリックである。このくだりは、詩的な文学史である。

このあと、フランス近代文学史が素描され、我が国の「自然主義文学」の「朦朧性《もうろう》」と、フランス本国のものと日本のものは、まったく違ったものだということが、延々と語られる。これも「外国文学」の《ネガ》としての日本近代文学の姿である。日本の作家は「社会小説」が書けず、ようやく日本の文学者も「自我に固執する」だけはしたが、「実証精神」は、社会構造に当然のこととして向かわず、作家自身の「意識の検討に向けられた」、というより、自己の実生活の検討に向けられて「自己修養の手段」となった。そこから、心境小説、身辺雑事小説などが生まれた、と文学史的展望を開く。

次いで、谷崎潤一郎がポー＝ボードレールから影響を受けたというのを、表面的で俗論だとし、谷崎潤一郎の「批評精神の薄弱」を指摘する。知識はたくさん持っているが、「知識の享楽」にしか過ぎないし、ポー＝ボードレールの強烈な批評精神が決定的に欠けていて、「智的共感性」が欠如していると小林秀雄は断定している。

ここで先走らせてもらえば、永井荷風の小説「つゆのあとさき」評で、小林秀雄は谷崎潤一郎に巴投げをくらって谷崎潤一郎の批評精神に敬礼させられるのだが、まあ、先は急ぐまい。

美はポオにとっては、理性の絶対命令として存するが、谷崎氏にとっては感性の方向の必然性として存する。

（「3」九〇頁）

また、《悪》についても、ポー＝ボードレールの《ネガ》が使用される。ポー＝ボードレールのキリスト教の《悪》と、谷崎潤一郎の江戸っ子の世俗的な《悪》である。

さらに「氏が表現する感動の美しさや、生々しさには必ず生理的陶酔あるいは苦痛の裏打ちがある」と述べつつ、細かい描写の小説技術を、今度は、バルザックの《ネガ》として論じている。ポーも、バルザックも、谷崎潤一郎が読んで研究した作家たちだったので、痛かったに違いない。

病的に腐爛した臭いは少しも漂っておらぬ、死の影もない、絶望の影もない、その味《あじわ》いは飽く迄も健康で、強靭である。虚無とか懐疑とかいう精神は、氏の生ま生ましい実験に指を触れることを許されない。氏が肉体的経験に置く絶対の信頼でかがやいている。氏の精神はどんなに奔放に夢みても、不安な狂的な抒情詩を作らない。いつも鮮明な輪郭をもった肉感的な叙事詩である。

（「3」九三頁）

「ない。」の反復と、「である。」の断定が批評のリズムをきざんでいる。まるで、《「肉体派」の美の崇拝者》谷崎潤一郎である。

細部まで神経が行き届いているにしろ、《フランス近代文学》を《鏡》にして批評するやり方は、中村光夫の批評に受け継がれたといえるだろう。批評される谷崎潤一郎としては、小林秀雄にフランス近代文学の広汎な知識の裏付けが感じられるだけに、嫌な思いをしたであろう。「思想的には浅い、凡庸な道徳家」としての小説家像を描かれて気持ちの良いわけがない。ダメ押し的に「反ワイルド的唯美主義」、「反ボオドレエル的悪魔主義」と《ネガ》の二連発を食らったあげく、次のように批評されてしまう。

氏ほど現世の快楽が深刻な意味をもっている作家は他にない。（「3」九七頁）

一と口で言えば、弱さの哲学が生まれて来るのである。ここに、氏の独創の本質があるのだ、と私は信ずる。成る程、感性上の柔軟は、通俗人にでもある事で、凡そ苦もない人間の覚悟であるが、その絶対的な柔軟は、選ばれた禀質《ひんしつ》にだけ許されるもので、重要な点は、氏がこれを悪魔まで、異端者まで、引張って来なければならなかった弱さにある、逆に言えば、氏が、この極端な柔軟がこの世で必ず敗北する事を確信する強さにある。（同前）

ここまで来ると、ようやく『痴人の愛』が見えてくる。

人間の弱少とか、悲惨とかいう空疎な概念ではなしに、もっと親しく真実な、人間の汚らしさや、意地穢《きたな》さのまことに美しい表現がある。（中略）人間意地穢くならなければ、意地穢さの真実は決してわからぬ、と。氏の感性上の絶対の柔軟性が、ここまで来るのは当然な事であって、又、この深刻な意地穢さが、己れを意識しない場合には、全くの純潔である事も当然であって、この純潔が、一方「母を恋うる記」を書き、一方「富美子の足」を書くのだ、この二作は同質異像である。

（「3」九八頁）

ここいら辺が、この「谷崎潤一郎」論の頂上近くの稜線であろうか。ここまで来れば、小林秀雄の独創であり、独壇場であり、模倣を許さない。

しかし、このクライマックスでさえ、《庶民性》の「意地穢さ」がたたみかけられているのは、ある意味、谷崎潤一郎には、不快で仕方がなかろう。

後年、『源氏物語』の英訳をしたサイデンステッカーは、川端康成が谷崎源氏の訳文が気に入らず、真っ赤になるまで朱筆を入れていた事実を伝えている。「町人臭い源氏の訳文」と思ったからであろう。小林秀雄は、作品「神と人との間」の「朝子の姿なぞは、ほとんど無類の美しさだ。」。「「痴人の愛」に至って、その愛経を完成した。」と絶賛している。

氏は確信をもって語っているのだ、痴人こそ人間である、と。氏の「此の人を見よ」である。

（「3」九九頁）

険しい道であったが、オマージュで「谷崎潤一郎」論は終わる。溌剌として活躍中であることを言い添えて。しかし、このオマージュは、谷崎潤一郎にとって、うれしいものであろうか、疑問である。

それにしても、ここに来るまで、あまりにも「外国の近代文学」の《ネガ》を使いすぎではないか。《ネガ》は、しばしば、《ネガティヴィテ＝否定性》を意味してしまう。批評された谷崎潤一郎は、気分を害したに相違ない。

3

谷崎潤一郎の批評文「永井荷風氏の近業について」（『改造』一九三二年十一月）は、永井荷風の小説『つゆのあとさき』（同年一〇月）評である。これが、「批評家としての小林秀雄」を打ちのめした。文字通り、打ちのめされたのである。余韻は年を越して、形としては、「批評に就いて」（『都新聞』一九三三年二月）にも見られる。

作品から人々がほんとに得をするのは作品に感服した場合に限るので、とやかく批評なぞしている際に、身になるものは事実なんにも貰っていやしないのである。（「3」二三二頁）

これは、年をまたいでの、衝撃の余韻である。いい気になって、外国文学の知識をふりかざして、たいして《感服》したわけでもないのに、いけしゃあしゃあと大谷崎を論じて見せた自分自身への、手痛い自省である。谷崎潤一郎の『つゆのあとさき』評は、永井荷風への熱いラブレターだった。事実、谷崎潤一郎へは、『つゆのあとさき』評を読んだ永井荷風からの相思相愛の返礼の書簡が送られている。『つゆのあとさき』を批評したたくさんの人々の中から、谷崎潤一郎だけに返信したものである。その書簡は、岩波文庫の谷崎潤一郎の随筆集でも見ることができる。

小林秀雄は、この「批評に就いて」で、恋愛について語っていて、人間はほれると、ほれない時より、はるかに頭の回転が良くなるともいえると言っている。恋人同士の相互理解というものは、恋してない者同士の相互理解に比べると、比較にならないほど、機転の利いた、生き生きとした、また独創的なものがあるはずだと言う。恋人同士はお互いに「酔っている」ものだとしたところで、酒に酔うのと、女に酔うのとは、違うかもしれないが、頭の働きの衰弱で酔うこともあるし、恋をすると頭の中が冴えかえるがために、酔うこともある。

理智はアルコオルで衰弱するかも知れないが、愛情で眠る事はありはしない、寧《むし》ろ普段は眠っている様々な可能性が目醒めるとも言えるのだ。傍目《はため》には愚劣とも映ずる程、愛情を孕んだ理智は、覚め切って鋭いものである。

（「3」二二〇頁）

これは、「批評の極意」でもある。

谷崎潤一郎の「永井荷風氏の近業について」で、この真理を小林秀雄は思い知らされたのである。もっと言えば、《批評というもの》を谷崎潤一郎から教えられたのである。小林秀雄は、谷崎潤一郎の前に頭を下げざるを得なかったのである。
時間を巻き戻して、前年末の小林秀雄の「純粋小説というものについて」(『文学』一九三一年一二月)を見てみると、固い。受けた打撃のせいである。谷崎潤一郎の『つゆのあとさき』評に「いたく感服した」とは、告白しているが。

荷風氏の「つゆのあとさき」に関する批評はたくさん読んだ。それらのものと較べて谷崎氏の批評は、一段と正確なものでもないし、一段と公平なものでもない。また多くの批評家達が、誰にでも言える様な事ばかり言っている様に、谷崎氏の批評文から別して卓抜な理論をみつけ出す事は出来ぬ。ただ一つの点が異っている。それは何かというと、批評の観点である、批評の態度だ。

(「3」一八三頁)

以下、ウザいと言っては、小林秀雄に失礼だが、長々と弁明とも愚痴ともつかぬ、記述が続く。往生際が悪い。そして「批評家の態度ではなく、全く小説家の態度なのだ。」と断定する。小林秀雄だって、この時期までは批評家兼小説家だったではないか。小説「おふえりや遺文」は、どうした、と言いたくなる。

氏の批評を読み、先ず心を打たれたものは、氏が「つゆのあとさき」を批評しようとして、なんと「つゆのあとさき」を愛しているかという事である。氏がなんと楽し気にこの永井荷風氏の作を読んだ事だろう、と私は氏の文章を読み直ちに感じた。

（「3」一八五頁）

小林秀雄に言わせれば、それは、谷崎潤一郎の「作家の眼」が、永井荷風の「作家の眼」を見つけた、「小説家の批評」だということらしい。この《眼》という語彙は、この当時の小林秀雄のオマージュである。横光利一の小説「機械」評にも使用されたことからもわかる。有名な「玻璃の眼だ」である。そして、谷崎潤一郎の『つゆのあとさき』評の急所を突いている。近代的な感覚しか持てなかった、他の批評家たちの盲点である。

多くの人達が、「つゆのあとさき」に登場する諸人物が人形の様に性格のない事を云々《うんぬん》した、又、その通俗な戯作《げさく》的興味を云々した、そしてこれらから詮じて作者の制作態度を割り出し、文学への心構えの薄弱を指摘した。これは或は正しいかも知れないが、凡庸な意見で私には面白くもなんともない。処が谷崎氏の批評文では此処《ここ》のところが気持ちのいい程逆転している。

氏は反対に永井氏の態度を薄弱なものとは見ず、虚無的で、投げやりで、愛憎のない処が面白いと見ている、従って描かれる人物は、人形で充分であり、見事であると観じている。

（「3」一八七頁）

永井荷風の『つゆのあとさき』は、近代小説、特に西洋近代小説の常識を意識的に拒否して、日本の《前近代》や、広く東洋的な物語まで作品のあり方を視野に入れて、永井荷風その人の《生き方》につらぬかれた創造なのである。だから近代小説の観念しか持てない評家たちは、いっせいにつまずいたのである。『源氏物語』から、近世の戯作、東洋の小説まで「抵抗なく」消化して、文学の知識を体得して創作していた谷崎潤一郎だけが、永井荷風の心に飛び込むことができたのである。それは、永井荷風に対する、深い敬愛の念の流露であった。横から、それを見ていた小林秀雄はうらやましかったのである。

小林秀雄は「小説」と《生き方》の強い結びつきに、鋭敏に反応している。

4

小林秀雄の言う、「谷崎潤一郎の観点」というのは、やはり、独特なものなので孫引きになるが、引用してみよう。

たとえば『水滸伝』などは、官僚の悪政治に憤りを抱く文人が慷慨《こうがい》激越の情を筆に託して時世を諷《ふう》したものだと云う様に云われているけれども、私は読んでそう感じない。それよりもむしろ、あの何十人という性格も境遇も似たり寄ったりの英雄豪傑を、土偶の如く又しても又しても登場せしめ、根気よくいろいろな事件を編み出しているところに、しょざいのない人が退屈しのぎに無数の人形を作ってみたり並べてみたりしているような寂寞《せきばく》と空虚とを感じる。私は作者施耐庵《したいあん》（?）の人物については何も知らないが、作者自身は時世を憤ったつもりで書いているとしても、その実作者の性格の奥に虚無的なものがあって、それがああいう構想を生んだのではあるまいか。

（「3」一八八頁）

作者施耐庵は、現在もやはり、その人に関しては未詳のようであるし、実在もはっきりしていないようである。引用を続けてみよう。

仮に今、茲《ここ》に一人の甚だ徒然な男があって、人間を蔑視し、人生を馬鹿にし切っているとする。そして無聊《ぶりょう》に苦しむあまりにいろいろの人形を拵《こしら》え、それに彩色を施《ほどこ》したり衣装を着せたりして時間をつぶし、次には玩具の宮殿だの茅屋《ぼくおく》だのを、ひどく念入りに細工をして幾つも幾つも作り上げて、それへその人形どもを置き並べてみては独りで嬉がっているとする。その男はもちろんそんな仕事をして一文の金になるのでもなく、誰に見せようと云うのでもないが、その仕事が無目的なものであり、空虚なものであればある程、尚更《なおさら》それに熱中する。『水滸伝』の作者が綿々として同じような人物と事件とを後から後からと繰り出して行くあくどい迄の丹念さは、私に何かしらそう云う感じを起させる。うそを楽しむ人でなければ手の込んだうそは吐《つ》けないと同様に、虚無を楽しむ人でなければああ迄大がかりな空中楼閣は築けない。幸田露伴氏は『紅楼夢』を評して、『あの小説には大勢集まって飯を食うところばかり多くってね』と云っておられたが、成る程そう云えばあれなどにも同じ趣がある。此の時分の文人は現代のわれわれと違って、原稿料や印税をアテにした訳でもないし、小説を書くのを士大夫の恥と心得て匿名を用いたりしたくらいであるから功名心に駈られたのでもないのに、それでいてあんなに無数の人物を捏造《ねつぞう》し、あんなに長たらしい筋を案出したことを思うと、私は此の人たちの倦《う》むことを知らない空しい努力に寒気を覚える。

（「3」同前）

この、長い引用をしたあと、小林秀雄はこれこそ「純粋小説理論」だ、と断定している。「虚無」の世界に置かれて、つれづれなるままに、異常な熱中をして人形をあやつり、小説を創作する。「東洋的文学観」である。谷崎潤一郎の文学的世界は広大である。底なしの人生の虚無まで理解する。小説の登場人物は、「人間」ではなく、「人形」でもよい。文学者としてのプライドもない。自分を無用者と心得ている。小説を書いて、売名行為をするわけでもなく、世の中から隠れる。永井荷風の「反骨的戯作者」の生き様に通じる。

今日の、インターネット、ブログやツィッターやフェイスブックで、あるいは動画で、売名し、自分を押し出すのとはちがう。いわゆる「お笑い芸人」とも真逆であろう。引きこもったまま、自分をあらわにしないで、虚無の世界に没頭するのである。ネットゲームのようにサイバースペースに人間関係を結ぼうというのでもない。自分の人生の無意味さ、虚無感をひとり「楽しむ」のである。

結局、小林秀雄は翌年の「批評に就いて」で前年の「純粋小説について」の発言を撤回せざるを得ない、ということになってしまう。

永井荷風氏の「つゆのあとさき」が発表された当時、谷崎潤一郎氏が、「改造」に永井荷風論を書いておられた。私はあれを読んで、その鑑賞眼の若々しさに感服した。あれは作家の批評だからなどと片附けようとしたって片附くものではない。

（「3」二一七頁）

これは、明らかな《前言撤回》である。「純粋小説について」で、ああだ、こうだ、「作家の批評だ」などと長たらしく、こねくりまわした理屈は、この引用の一言で吹き飛んでしまう。小林秀雄は大谷崎に敗北したのである。このことは、小林秀雄の作品「谷崎潤一郎」が大谷崎に逆転負けしたこととなる。小林秀雄の「谷崎潤一郎」論は、「爺むさい」のである。何よりも、《批評する喜び》で負ける。《喜び》からくる「みずみずしい若々しさ」があふれるように流れ出す批評でもない。

小林秀雄という「批評家」は、自分が全身をあずけて論じるに足る「小説家」のいない状態だったのである。横光利一、正宗白鳥、梶井基次郎、嘉村礒多など、時折、短評しているが、小林秀雄の全精力を傾けて論じるに足る「小説家＝恋人」は見つからなかったのである。

自分のすべての文学的愛情をそそぐ小説家、それは現代の私たちには明らかな歴史であるが、まもなく決断する、ドストエフスキーであった。

第三章　ドストエフスキーによる《受胎告知》

1

不思議なことに、批評作品「谷崎潤一郎」の時期に書かれている「正宗白鳥」（『時事新報』一九三二年一月）には、《ネガ》の手法は使われていない。新聞というメディアのせいもあろうか。すでに『文藝春秋』の「アシルと亀の子」シリーズで高い評価をしていたが、それは、小林秀雄としても水ぎわだって印象的な、独創的な批評であった。

小林秀雄の遺作も、正宗白鳥であった。生涯にわたる、敬愛の念と親近感であろう。ところが、これもまた不思議なことであるが、正宗白鳥は、ドストエフスキーの文学が理解できなかった。わからなかったのである。シェストフのことで、のちに、ふたりは共感したり、トルストイのことで大論争をしたりするが、戦後も対談をしたり、仲がよかった。
これは、日本人作家ではなくて、外国人文学者で、小林秀雄は大きな誤解を受けている文学者がいる。そこから、文学史的にも、奇妙な見解が生まれている時がある。アンドレ・ジィドである。ジィドからは、大きな影響を受けたと、小林秀雄自身、公言しているし、全集にもかかわっている。しかし、かなり早い時期の、岩波講座「世界文学」第五巻（一九三三年四月）を注意して読むと、次のような部分に突き当たる。

一体ドストエフスキイという作家は、ジイドに比べたら比較にならぬほど大きいのは言う迄もない（下略）
（「4」一六八頁）

これを見ると、ジィドは、取るに足りない。軽い存在である。ならば、かの、有名な、「私小説論」（『経済往来』一九三五年五月〜八月）のジィドの『贋金造り』の方法の解明など、子どもの遊びめいた軽いシャレになってしまう。少なくとも、横光利一の「純粋小説論」（『改造』同年四月）は、そのレベルであしらわれていると考えるほかはなくなってしまう。明らかに『贋金造り』以後、小林秀雄はジィドから距離を置く。逆に言うと、それまでは愛好はしていたともいえるだろう。

小林秀雄にとっては、アンドレ・ジィドは、都合のいい「考えるヒント、材料」程度の重みしかない。

2

もう一度、「作品から人々がほんとに得をするのは作品に感服した場合に限る」とした、「批評に就いて」の一九三二年二月まで戻ると、「生産過剰の見本みたような文芸月評を書く暇に、古来夥《おびただ》しい一流作家に関する感想文を草して実利に就く商売人があってもよかろうと思う。」（「二二一頁）という言葉にぶつかる。

「商売人」とは、いかにも小林秀雄らしい表現だが、批評家のことを指すのは、もちろんである。「一流の作家」を相手にしないと、何も得るものはないということである。一流作品から受ける感動の大きさと作品の《質》の高さを知らないで、批評などしたって始まらないというのである。《質》という言葉を使ったが、これが小林秀雄の「真贋批評」のカナメである。作品の、高品位性である。「文学」としての《質》を獲得した作品であるかどうか、その美質である。そして、小林秀雄の基準は単純であって、《感動》の大きさ、純粋さ、情熱の大きさである。批評家は、それを享受する、つまり、第一の条件として、作品に対する鋭敏な受容力、受動性の大きさを必要とする。美とは、美のエナジーであり、文学であれば、「文字の連なりのエナジー」を受ける心のキャパシティーの大きさが、文芸批評家には要求されるのである。《感動》を「味わう力」、《情熱》を「味わう力」、《美の快楽》を「味わう力」、その女性の肉体のように受動的に「味わう力」である。そして、充分に「味わって」、「感服する」のである。一流の作品、作家のイカせる凄さを知らないで、毎月、発表される同時代の凡作に「感動」しても、なんにもならないというのである。イクといっても、「精神的なエクスターズ」である。「生理的な消耗」ではない。

そして、大谷崎から教えられたことは、自分に、真正の《感動》をあたえてくれる作品と、その作者に対する《愛情》を吐露することが批評である、ということであった。自分の《愛情》のわけをわかりやすく、他の人々に分かち合う文章を書くことが、「批評家の役割」なのである。《感動》、《情熱》の由来を、知性的にも、感情的にも共有してもらうことである。

この間、一九三一年九月には、満州事変勃発。

「純粋小説というものについて」の翌月には、一九三二年一月となり、上海事変。同三月には満州国建国、マルクス主義運動の大弾圧が始まり、六月には、小林秀雄は「現代文学の不安」（『改造』）

を発表しているが、非政治的発言である。流れを追うと、翌年二月には、小林多喜二の官憲による虐殺がある。三月には、日本は国際連盟脱退。この年の後半から、プロレタリア運動は雪崩をうったように、「転向」する人々が続出する。一〇月、『文學界』創刊。《文芸復興》の声が高まる、という時代の流れである。ファシズムの動きが明らかである。

一九三三年一二月の『大阪朝日新聞』には、「文芸批評と作品」という文章で、一年を回顧しているものがある。さりげない、一節を引用してみよう。

矢鱈《やたら》に問題が続出するということは、今日の不安な時世のしからしむる処で、文学界に限ったことではない、政治界然り、経済界然りである。それは少しも悪いことではない。

（「4」二六六頁）

政界や経済界に「矢鱈に問題が続出」することが、「少しも悪いことではない」とは！ 悪いことに決まっているではないか。小林秀雄の経済と政治に対する「常識のなさ」が、明らかである。こういった細部に、小林秀雄の「政治感覚の欠如」が露呈する。このことは、吉田凞生氏がすでに指摘したとおりである。まあ、こういう状態で、十五年戦争下を、太平洋戦争下を生き抜いていくわけである。

3

もう一度、一九三二年六月の「現代文学の不安」まで、話を戻そう。

私の様な若輩に苦し気な文芸時評を書かせて、そっぽをむいている凡そ理論というものを見境なく毛嫌いしている今日の老作家、中老作家に、私は今話し掛けようとしているのではない。私と同じ環境に育ち、私と同じ教育をうけ、私と同じ年齢に達した知識人達（たとえ諸君がどんな思想を装っていようと）に、話しかけたいのである。（「4」一四頁）

この時点では、まだまだかたちをなしていないが、『文學界』同人結成の志向である。ちなみに、『文學界』の最初の同人には、宇野浩二、広津和郎、豊島与志雄など、小林秀雄たちより世代が上の大正作家も同人だったが、一九三六年一月には同人改組で、ほぼ同世代の同人たちとなる。

もとプロレタリア文学者や芸術派作家たちなど、《呉越同舟》の『文學界』と呼ばれるようになる。座談会などを読むと、同世代文学者たちが、いろいろな文学的課題について勉強会をしているような楽しさがある。結局、発行元は菊池寛の文藝春秋社に落ち着くことになる。昭和十年代の代表的文学集団である。が、これは、「現代文学の不安」から四年後の情勢である。「現代文学の不安」では、大正期の《性格破産者》には、「散文的精神」が欠けていて、「描く」のではなく、「歌った」と、その抒情性を批判している。そして、ドストエフスキーである。

ドストエフスキイが初めて我が国に輸入された時、作家達がどんな眼でこれを迎えたかを思えば、一と昔前の小説家達がどの位詩人であったかが明瞭になる。若年にして性格破産の劇をつぶさになめた彼は、小説家として実現した時にはもう確乎不抜《かっこふばつ》なリアリストになっていた。そこには性格破産者のあらゆる典型が大きな想像力（幻想力ではない）によって構成され、活き活きと闊歩《かっぽ》していた。性格破産の想念は持っていたが、これが人間となって行動する光景は一度も見た事のない小説家と称する詩人等は、この光景を眺めてぼんやりした。仕方がないから不自然だと断じた、怪奇趣味と断じた、以来二度と彼の大小説を読まぬのだ。私達は当時まだ学生で無我夢中で彼を読み、以来二度とこれを取り上げようとはしないのである。

だが今、今度こそは本当に彼を理解しなければならぬ時が来たらしい。「憑《つ》かれた人々」は私たちを取り巻いている。少くとも群小性格破産者の行列は、作家の頭から出て往来を歩いている。

（「4」一八頁）

小林秀雄が、ドストエフスキーの『悪霊』から、ここで入っているのは注目に値する。『憑かれた人々』という小説の題名は、『悪霊』の仏訳（関谷一郎氏の『小林秀雄への試み』洋々社一九九四年一〇月による）や英訳（このテキストの脚注）の題名からの影響である。周知のように、『悪霊』はロシアの革命前の、秘密の政治結社の政治的内紛と殺人が主題の長編小説である。《性格破産者》を基軸にして、大正期の詩人的小説家たちの作品を批判して、眼前に群がっている、現代の群小《性格破産者》を「リアリズム」で、「散文精神」で、描き切ることを要請している。そのためには、ドストエフスキーを再読、再評価する必要があるというのだ。これは、学生時代に読んで、よくわからなかった小林秀雄自身も含めての自省でもある。ある時期に、再読して小林秀雄自身も愕然としたということを言っている。

それにしても、政治闘争からの内ゲバで殺人にいたる『悪霊』とは、プロレタリア文学運動にとっては皮肉である。芥川龍之介の晩年を「詩的精神と散文的精神の抗争」ととらえ、それを破壊するように、プロレタリア文学運動の「純粋な散文精神」が出現した。これこそがプロレタリア文学運動の日本文学にもたらした最大の寄与であるとする。そういう文学史観である。

だが、プロレタリア文学運動批判をやめたわけではない。

私は諸君の情熱を嗤《わら》っていはしないが、諸君を動かす概念による欺瞞を、概念による虚栄を知っている。その欺瞞は諸君が同志との訣別に、同志の死に流す涙にも交っているだろう。私は既に作品上で、如何に諸君が人間を故意に歪《ゆが》めて書いたか知っている、愛情の問題を如何に不埒《ふらち》な手つきで扱ったかも知っている。

（「4」二〇頁）

社会正義を唱えつつ人間軽蔑を説く、これを私は錯乱と呼ぶのである。

（同前）

既に見たように、これは小林秀雄の《倫理基軸》の批判である。きわめて正当な批判であるように見えても、《政治基軸》の批判は、小林秀雄はなしえない。なしえるのは自身も言っているように「作品上」からの判断である。マルクス主義文学運動の「現実」からではない。ただ、ここではツボにはまっているように見えるだけである。あえて言えば、やはり、『白樺』派の人道主義の延長線上になるとでもするしかない。政治的には「真空」である。
批評作品「現代文学の不安」を大観してみれば、ドストエフスキーによる、日本の同時代文学の批判である。プロレタリア文学の作家たちも、「性格破産者」の一群だということである。「リアリズムによる、不安におののく性格破産者たちの像を現代文学」として描け、ということである。ドストエフスキー文学を光源として、この「現代文学の不安」は書かれたものと言える。
小林秀雄という人は、「現実」を見る場合にも、《文学的》知識人であり、関東大震災についても、次のような観察をしている。

私はよく知っている、大震災当時、東京にいた人々が皆通俗小説家になった事を。

（「4」二九頁）

「現代文学の不安」と同時発表の「小説の問題Ⅰ」（『新潮』）からの引用である。もう一つ、これは、『文藝春秋』に同時発表されたものであるが、引用してみよう。「小説の問題Ⅱ」である。

人々は絵をみて、まるでほんとみたいだと感心する。その癖ほんとを見て、まるで絵みたいだとうっとりする。小説だって同じことだ、小説がまさしく小説にみえてはみんな退屈する。現実が、何等かの意味で小説にみえなければ、身が持てないのである。

（「4」三六頁）

平成の今日では、「小説」は、こういった「役割」を終えて、「映像文化」にその位置を奪われてしまったのではなかろうか。映画やテレビドラマや、動画や、ネットゲームや、ポップな音楽の歌詞のように、「生きて、恋して」、「現実」を見るのではなかろうか。《文字文化としての純文学の衰弱》である。「ライトノベル」、「携帯小説」、「恋愛マニュアル本」、でなければ、「活字」といっても「実用マニュアル」、「心理学マニュアル」などに、「純文学」は圧倒されてしまった。漢字制限と現代仮名遣いと英語教育の偏重が、日本語の伝統文化から、現代を切断してしまった。「純文学をシミュレート」して、自分の生活世界を見ることが極端に少なくなった。シミュレートするには、「近代文学」は古風な作品群になってしまった。フィクションは、マニュアル本や、実用本に浸食されて、肩身が狭い。生理的に享楽されて、消費して、それっきりの文化ばかりになってしまった。少年少女、青春時代の、その人の思い出にはなるけれど、その人の人生とともに消滅する、漫画や、流行歌。そんなものばかりが、あふれている。

実は、小林秀雄が「近代批評の確立」をしたのと同時に、サブカルチャーは増殖しだし、平成の今日ではメインカルチャーになっている。それが、現実ではなかろうか。近代文学研究は、「古典文学研究」になってしまっていることに気づいている方々も多いだろう。

「性格破産者」が現代に存在すれば、マニュアル的な治療研究本で充分かもしれない。

ああ、そんな弱気なことは言っていられない。《活字文化の興隆、純文学の振興》こそが、大目標なのだ。考えてみると、敗戦直後、マルセル・プルーストの文学は、「文学の衰弱だ」という意味の発言を小林秀雄は、していた。ノーベル文学賞も、芥川賞も、世界の近代文学が最盛期を過ぎてからのものだ。《科学》の発達によって、多様なメディアが続々と生まれ、「書物というメディア」、「活字メディア」は圧倒されている。「書物」というローテックな文化が、ハイテクなメインカルチャーに圧倒されている。だからといって、引き下がってはいられない。巨大な世界の、日本の「文字の遺産」のポテンシャルは凄いものがある。

4

小林秀雄の公式の「ドストエフスキー研究」の嚆矢とされる批評作品「永遠の良人」が一九三三

年一月の『文藝春秋』に発表される。以後、ドストエフスキー研究は昭和三〇年代まで続く。

言う迄もなく、甚だ陰惨な読書だが、こういう小説にくらべれば、現代の日本の小説、まず大概のものは多少屁《へ》みた様なものだと思い到り、下剤がうまく利いた時の様にさばさばした気持ちになる。

（「4」一一一頁）

同時代の日本文学に対しては、かなり侮蔑的である。が、本音であろう。小林秀雄には、自分自身の全部を、全精神を、全情熱を託せる文学的対象が日本では見つからなかったのである。この、下剤のレトリックは下品であるが、気持ち的に、生理的解放感を表現している。

「帝国陸海軍は、今八日未明西大西洋においてアメリカ、イギリス軍と戦闘状態に入れり」

いかにも、成程なあ、という強い感じの放送であった。一種の名文である。日米会談という便秘患者が、下剤をかけられた様なあんばいなのだと思った。僕ら凡夫は、常に様々な空想で、徒《いたず》らに疲れているものだ。日米会談というものは、一体本当のところどんな掛け引きをやっているものなのか、僕等にはよく解らない。よく解らぬのが当たり前なら、いっそさっぱりして、よく解っているめいめいの仕事に専念していれば、よいわけなのだが、それがなかなかうまくいかない。あれやこれやと曖昧模糊《あいまいもこ》とした空想で頭を一杯にしている。その為に僕等の空費した時間は莫大なものであろうと思われる。それが、「戦闘状態に入れり」のたった一言で、雲散霧消したのである。それみた事か、とわれとわが心に言いきかす様な想いであった。

（「14」一二九頁）

昭和一六年一二月八日、太平洋戦争の始まった時の小林秀雄の感想である。「便秘に下剤がよく利いた解放感」であろう。同じ、下剤のレトリックである。既に細谷博氏が『小林秀雄――人と文学』（勉誠出版 二〇〇五年三月）で指摘しておられるが、小林秀雄は自分を「凡夫」、すなわち「平凡な男」、国民大衆の一人として位置づけている。そして政治や軍部の動きが、さっぱりわからず、頭を悩まして「便秘に苦しんで」いるかのように、ストレスがたまっている、「凡夫」の自分を正直にくだくだしく告白している。「僕等にはよく解らない」と。

ちなみに、これは、「三つの放送」（『文藝春秋 現地報告』一九四二年一月）である。

読んでくださる方は、突然、太平洋戦争が開戦されて、真珠湾攻撃の日になったので驚かれたと思うが、私は、単に「便秘から解放される、生理的快感」が共通したレトリックとして使われているので、時間的に飛躍しただけに過ぎない。小林秀雄の残した文学的「症例」としては、興味深いものがある。

それにしてもドストエフスキーの文学に接する喜びは、太平洋戦争を日本が決断する「爽快感」と、どこか共通する感覚があったことを、「レトリックの共通性」は示している。

5

一九三三年二月にまで戻ろう。批評作品「永遠の良人」は、作品がドストエフスキーとしても軽いものなので、同じ年の「作家志願者への助言」（『大阪朝日新聞』）という文章に移らせてもらいたい。〈助言〉というものは、「実行」してみないと効果がわからない。だから、有益な、たくさんの〈助言〉をいくらきいても、その時に、なるほどと思っても何の意味もなくて、「実行」があって初めて意味があるという、耳の痛い言葉があって、「傍点」で強調して、小林秀雄自身が実行したことを箇条書きにして、解説してある。まず、第一に「つねに第一流作品のみを読め」とある（傍点省略）。

質屋の主人が小僧の鑑賞眼教育に、まず一流品ばかりを毎日見せることから始めるのを法とする、ということを何かで読んだが、いいものばかり見慣れていると悪いものがすぐ見える、この逆は困難だ。惟《おも》うに私達の眼の天性である。この天性を文学鑑賞上にも出来るだけ利用しないのは愚かだと考える。（下略）（「4」一一二頁）

そして、切り返して、第二は「一流作品は例外なく難解なものと知れ」と来る。ここで、私などは頭を抱えそうになってしまう。

一流作品は文学志望者の為に書かれたものではない。近づき難い天才の境地は兎《と》も角、少くとも成熟した人間の爛熟した感情の、思想の表現である。あわてて覗《のぞ》こうとしても始まりはしない。幸か不幸か、私たちは同じ事実、同じ理屈を理解するのに、登ってみなくては決して見透しのつかぬ無数の段階をもっている。だから大多数の人が、名作に接して、或る段階に立ってこれを理解したに過ぎぬ癖に、何も彼もわかった顔をしたがる。再読して何が見つかるか一向気に掛けない。そこでこういえる。一流作品は難解だ、しかし難解だというそのことがまたあんまりわかりやすくはない、と。

（同前）

うーむ、コワイ。これは、「様々なる意匠」で、すでに言ったことである。一流作品の豊饒さは、くみつくせない。何度論じても、論じきれず、何かが残る。しかも、バリアがはってあって近づきがたい難解な姿をしていることがある。まだ、コワイことが、書いてある。

文学に志したお蔭で、なまの現実の姿が見えなくなるという不思議なことが起こる。当人そんなことは気がつかないから、自分は文学の世界から世間を眺めているからこそ、文学が出来るのだと信じている。事実は全く反対なのだ、文学に何んら患らわされない眼が世間を眺めてこそ、文学というものが出来上がるのだ。

（「4」一二二頁）

これも、うーむ、である。「文学」をとおして「世間」を見る、「世界」を見る、というのは、そもそも、だれかの既成の文学の眼をとおして見るから、エピゴーネン、模倣の世界だ。「自分の肉眼」で見なければ新しい見方は、オリジナルな見方は、不可能だ。一度、「文学の世界」に入ったら、そのカラを破って自分のオリジナルな見方を確立しなければ、文学的自立はできない。

文学に憑かれた人には、どうしても小説というものが人間の身をもってした単なる表現だ、ただそれだけで充分だ、という正直な覚悟で小説が読めない。

（「4」一二三頁）

深い。こんな、なんでもないような小林秀雄の批評作品「作家志望者への助言」から、意外と深い、小林秀雄の文学へのアプローチを知ることができる。ほかの、著名な、小林秀雄の作品からは簡単には近づけない真実である。

小林秀雄とドストエフスキーの文学は、どうであったか。清水孝純氏が前掲書で、総括している。

秀雄自身「ドストエフスキイという作家を読んで、私は、文学に関して、開眼した」（「ソヴェトの旅」一九六四年二月）と語っているほどのものである。

（一五四頁）

多少の誇張があると思われるが、それほど小林秀雄の人生にとって重大だったのである。

秀雄が、いつ頃からその文学に親しんだか、「私信——中山省三郎氏へ」（一九三六年一一月）

に、「ドストエフスキイの重要な作品に一通り接したのは高等学校時代」という回想が見られるが、それに続けて、「大学を出て批評文を書き始めた頃、偶然の機会に『カラマゾフの兄弟』と『白痴』とを読返し、まるで異った人の手になる作品を読む思いがして、以前一体何を読んでいたのだろうと、殆ど赤面するほど驚嘆し」とあり、(下略)。　(一五五頁)

さすがの小林秀雄も、最初はドストエフスキーがわからなかったんだな、ということがわかり、これが、「一流作品は例外なく難解なものと知れ」という教訓として生きているのである。「高等学校時代」とは、小林秀雄が一九歳で入学だから、現代では、大学生の年頃である。その頃は、一通りドストエフスキーの作品を読んだが、その段階では、わからなかったのである。志賀直哉に夢中になっていた時代である。小林秀雄というより、人間、誰にでもある、人としての成熟というものがある。再読すると、以前、わかったつもりの作品が全然違って見えたり、わからなかった作品が、不意に、とんでもない傑作であることがわかったりする。あまり「職業的に」「再読」をくりかえすと、感動にみずみずしさがなくなったりもする。コワイものである。正直な話、小林秀雄の戦後のドストエフスキー論は、根をつめにつめて、硬直した批評作品にみえる。厳しい、厳格とも言えるような文体であるが、みずみずしい「流露感」がないような気がする。私の速断であろうか。

いずれ、小林秀雄とドストエフスキーとの出会いは右のようであった。

と、この節を閉じたいところであるが、「大学を出て批評文を書き始めた頃」に、中野重治の『芸術に関する走り書き的覚え書』（改造社　一九二九年九月）によって、ドストエフスキーの偉大さに気づかされたのではないか、という仮説もありえる。小林秀雄は「アシルと亀の子」シリーズの第一回目で、すなわち、一九三〇年四月に中野重治の、ドストエフスキーの重要性について言及した、その著書にふれているからである。時期的には、ぴったりと合う。関谷一郎氏の前掲書『小林秀雄への試み』でも、最初期の小林秀雄は、「アシルと亀の子 I」で中野重治を重視しているという指摘が、すでになされている。

6

小林秀雄は、この時、文学者として「胸突き八丁」、頂上に到達するための一番、きつい上り坂にさしかかっていた。《時評家からの脱却》である。昭和八年、一九三三年、八月の「批評について」（『改造』）である。

他人の作品に、出来るだけ純粋な文学の像を見ようとして、賞讃したり軽蔑したりしつづけて来た事が、何か空しい事であった様な気がしてならぬ。文学でもなんでもないものを強いられて、文学でもなんでもないものの為に辛労して来た様な気がしてならぬ。（「4」一九三頁）

「文芸時評家」としての小林秀雄の「嘆き」である。このまま仕事をしていても、《創造的な仕事》はできない、「限界」だ、という「絶叫」である。氾濫する同人雑誌から商業雑誌まで、無自覚な「文芸時評」が書き散らされている。これではだめだ。おれは、今まで日本で誰もやったことのないことをやる。

批評家をもって任ずる人々は、よろしくその重厚正確な仕事を自由に発展させる場所として、文学史とか古典の研究とかを選ぶのが当然であり、文芸時評の如きは余技と心得て然るべきではないかと思う。（「4」一九七頁）

一流作品の前では批評家は皆一応は正直な態度を強いられるものだ。これが名作のもつ力なのだ。兎も角完全に文学の世界に引き入れてくれる、つまり正当な鑑賞という土台石の上には立たせてくれるのだ。

（同前）

こういう小林秀雄の言葉に接していると、《真の近代批評文学の確立》に目の前で立ち会っている気が実感としてする。《受胎告知》である。《創造批評》が孕まれたことの宣言である。ドストエフスキー文学によって孕まれ、真の文芸批評家が誕生したのである。こののち、どのように生育していくかは、平成の時代の私たちには、見えているが、この時点では、未知数であった。

例えば私がランボオを読み始めた頃は、その歌声の美しさや強さはわかったが、彼がわれ知らず表現した青春というものの苦が苦がしさはわからなかった。ボオドレエルを読み出した頃、虚無とか悒愁《ゆうしゅう》とか神とかいう文字は理解したが「恋愛とは売春の趣味だ」という様な言葉の底意はわからなかった。そしてどんなに未だ沢山わからないものがあるかと思うと楽しみである。人間の生活を一番よく知っている人が一番立派な文学作家なのだ。私はもうそれを信じて疑わない。

（「４」二〇一頁）

この批評作品「批評について」は、小林秀雄文学の確立のメルクマールであり、非常に重要な批評作品である。そして「傑作が、まだ充分にはわからない楽しみ」という貪欲さ、正直さも、批評家のあり方として特筆ものである。

この世を如実に描き、この世を知りつくした人にもなお魅力を感じさせるわざを、文学上のリアリズムと言う。これが小説の達する最後の詩だ。文学上のリアリズムについて、いろいろ異った解釈がある様な事を言うものもあるが、恐らく巧みな嘘にすぎないのである。(同前)

なんという、単純明快な、フォルテッシモ! 確信に満ちた断言であろう。強烈なだけでなく、「リアリズム」は、ひとつだけなのだ。ほかは、「様々なる意匠」、「様々なるファッション」という、外見にしかすぎないのだ。

この「批評について」は初出と異同があるが、こののち、小林秀雄はこの磐石の基盤に立って、悠々と「文芸時評」というジャンルもこなし、「私小説論」などの日本の現在の文壇への提言も、ドストエフスキー研究も、実行に移していくのである。「ドストエフスキー研究」を断固として決断し、あとは、「文芸時評」でも、「雑文」でも、なんでもこなしてやる。「俺は、いつでもドストエフスキーに戻れるし、ライフワークだ。」という「腹が決まった」瞬間である。

第四章　『文學界』の序章

1

一九三三年一〇月『文學界』（文化公論社）に小林秀雄は、「私小説について」を発表している。この文章の冒頭は私には、小林秀雄の《マルクス主義文学運動に対する無理解》のような気がするが、ともかくも、煩をいとわず引用してみよう。

「中央公論」九月号で、徳永直《すなお》氏の「創作方法上の新転換」という議論を読んだ。氏は蔵原惟人《これひと》氏提唱する処の「弁証法的創作方法」なるものを難じている。私は蔵原氏の議論を読んだ事がないからどんな方法論だかしらないが、徳永氏の反対文によって推察した限り、氏が腹を

立てている程間違った方法論だとは思えなかった。（「4」二二六頁）

これは、マルクス主義文学運動の内側を知らなさすぎる、小林秀雄の脳天気な判断だと思える。そもそも、蔵原惟人の批評理論を直接、読んでみようという気さえないのである。

芸術制作という複雑な実践活動を、創作方法という単純な理論でしばるのは間違いだというのが氏の論旨である。これは大変見易い道理であって、ことさらキルポオチンとかいう男の演説など引用する必要もない事と思われる。要するにこの論文の真髄は作家としての氏の批評家に対する忿懣《ふんまん》にある。「文学批評の官僚的支配」を一蹴せよ、と。こういう感情は多くの作家の心底に存し、折に触れて爆発するのであろう。（同前）

小林秀雄は、「作家」の怒りに「表面的な理解」を物分かりよく示すが、決して、同情も、ましてや「同感」などはしない。

小林多喜二も既に虐殺されている。実は、ここで起こっているのは、日本プロレタリア作家同盟（ナルプ）の厳しい指導に必然的に伴う「官僚的支配」という権力機構化した文学運動である。

小林秀雄には、その、崩壊寸前の強権的圧力が見えていない。また、その強権に押しつぶされる「作家」の悲鳴も聞こえない。小説『太陽のない街』の「作家」徳永直は、《指導理論》の重圧に悲痛な声をあげている。「キルポオチン」でも持ち出すしかないのだ。

　蔵原氏の方法論がプロレタリヤ作家等の間でどういう影響をもったかくわしくは知らないが、これがある為に作家等の活動が妨害されたという様な言葉はどうも信じられない。ものの道理としてそんな筈《はず》はないと思う。（同前）

小林秀雄は、芸術派の創作理論と同じレベルで、のんきに意見している。

「文学批評の官僚的支配」などという言葉が、そもそも大袈裟《おおげさ》な言葉であって、どんなに批評家が作家に対して指導的な立場を守ろうと心掛けた処で、個々の作家の創作活動の核心を貫くわけには参らぬものだ。（同前）

ところが、マルクス主義文学運動の《指導理論》は、《個々の作家の創作活動の核心》を強引につらぬかせようとしたものであったのだ。だから、小林秀雄が「大袈裟だ」という、「文学批評の官僚的支配」が現実であったのだ。それを理解しないから、小林秀雄は次のような言葉を吐けるのである。

批評が厳格に過ぎて創作が思うようにならぬなどとは無意味な泣き言に過ぎぬ。

（「4」二二七頁）

小林多喜二のように、「理論のために血を流し」、虐殺される文学運動の「厳格」な、《指導理論》としての批評は、小林秀雄には無縁であった。だから、自己自身に引き付けて、ある意味で「大正期の文学者の雰囲気」で、安穏として次のように論を展開していく。マルクス主義文学運動の悲惨さは、置き去りにされる。

現実に対する理論の薄弱という事については昔から人は苦しんで来た。

（同前）

およそ、超時代的な一般論である。徳永直に代表されるマルクス主義文学作家の「発想」と真逆である。

逆立ちしている。小林秀雄は、あくまでも、「批評家としての自己自身」の「問題」にこだわり、マルクス主義文学運動の実態には「盲目」である。マルクス主義文学運動は、小林秀雄の「理解の外」にある。そもそも、蔵原惟人の指導的な評論にさえ「関心がない」のである。ただ、自然に入って来る、いくつかの「断片的現象」として受け取っているだけで、マルクス主義文学運動の全体像としての本質は、見えない。特に積極的な関心は持たず、自分が月評などをする時に偶然に得た印象でマルクス主義文学を認識しているに過ぎない。

こういう創作方法上の議論はひとりプロレタリヤ文学だけでない、その他の新文学の間でも一と頃は心理主義という事が騒がれたし、近頃は主体的リアリズムなどという新語をめぐって面倒な議論も行われている。（同前）

とてつもなく悠長な現状認識である。心理主義とマルクス主義が、平然と、同一次元で扱われている。そして、マルクス主義文学の「功績」を賞讃するのである。

プロレタリヤ文学運動が、わが国の私小説の伝統を勇敢にたたき切ったという事は、実際の作品のいい悪いは別としても、大きな功績であった。（「4」二二八頁）

こうして見てくると、小林秀雄のマルクス主義文学の評価は、「マルクス主義文学運動の実態」の無理解の上に、その、「現象としての作品」だけを見ての「賞讃」だということが露呈してくる。小林秀雄は「政治的現実」には、盲目で、無理解で、あくまでも「文学としてのマルクス主義の作品」にしか、目が向かなかったのである。興味がないというより、わからず、認識外の現実が、「マルクス主義文学の実態」であった。

2

だが、小林秀雄は、「作品」しか見ていなかったにしろ、《「私小説」に対する宣戦布告》を、この「私小説について」でする。

「文芸首都」(九月号)の宇野浩二氏の「私小説私見」によると、日本の近代小説の主流は今日まで所謂「私小説」にあり、明治末期から昭和の今日に至るまで傑作は「私小説」の側にあるという意見である。(同前)

これは、宇野浩二によると、日本独自の現象である、と小林秀雄は言い、「よく考えて見ると不思議な現象である」とするが、この「よく考えて見ると不思議な現象である」という事実を、小林秀雄によると、今日ほど、明瞭に自覚したことはなく、「この自覚が今日新しい作家の正当な戦場だと信ずる。」と断定する。

ただ、小林秀雄はこの戦いを、簡単には考えていない。ジィドが三十年かけて、私小説から本格小説に移ったように、少なくとも「三十年」という長期戦を考えている。「私小説の征服とは自分自身の征服という事に他なるまい。」というように、容易なこととは考えておらず、一歩、また一歩、という地味な歩みである。

一方、宇野浩二に引用された、久米正雄の説によれば、バルザックのような「本格小説」は結局、「作り物」としか思えず、大胆に言えば、「作り物=偽物」であり、ほんとうの小説とは、実人生の「再現」に限るのであり、小説家の狭隘な実人生を描いた「私小説」こそ真の芸術だという。その論を小林秀雄は一蹴して、唐突に、次のように宣言して「私小説について」は終わる。

一流芸術とは真の意味で、別な人生の創造であり、一個人の歩いた一人生の再現は二流芸術であるという明瞭な意識を、わが国の作家は今日に至ってはじめて持ったのである。

（「4」一二三〇頁）

バルザックの小説はまさしく拵《こしら》えものであり、拵えものであるからこそ制作苦心に就いての彼自身の雋語より真実であり、見事なのだ。

（同前）

こういった「小林秀雄の思い込み」は、一人合点めいて、久米正雄の論とも、宇野浩二の論とも、遊離しているように感じられる。あるのは、小林秀雄の決意だけであり、日本自然主義文学の正統としての「私小説に対する宣戦布告」である。

そして最後の一文は、バルザックについて次のように結ばれる。

そして又彼は自分自身を完全に征服し棄て切れたからこそ拵えものの裡《うち》に生きる道を見つけ

出したのである。　（同前）

「《私》の征服」という問題が浮上してきて、この批評文は閉じる。有名な、一九三五年五月から八月にわたる『経済往来』の「私小説論」も、「私小説は亡びたが、人々は「私」を征服したろうか。」と同じことが、この「私小説について」で、先駆的に述べられ、のちに繰り返されることになる。ジィドは「三十年」が「四十年の苦痛」と修正されている。

「四十年」もの時間がかかるものに、「私小説論」一本で、結論まで出るものであろうか。「マダム・ボヴァリイは私だ」というレトリカルな結末をつけるほかになかったのかなあとも、思われる。「抽象的」とも、「曖昧」とも言える「私」の征服という言いまわしも、三十年後、四十年後の人生の歩みとともにあるのだから、致し方ないような気がする。

つとに関谷一郎氏は前掲書で、「ドストエフスキー研究のモチーフの一つは私小説問題の解明であった」と指摘しているように、すでに、こういった小林秀雄の批評作品の背後には、ドストエフスキーが存在していたと断言できる。

「私小説」に対する、小林秀雄の態度変更も、この時点で見ることができる。「私小説について」と同時に「「文藝春秋」の作品」を『文學界』に発表しているが、滝井孝作を相変わらず称揚しつつも、「ただ氏の私小説がどのように純化して行こうとも、例えば嘗《かつ》て「無限抱擁」にあった様な人の心を貫く強い魅力は保存して置いてもらいたいものだと思う。」(「4」二三二頁)とくぎを刺すことを忘れてはいない。どんどん私小説の境地に創作を狭めていく滝井孝作への警告である。

3

さて、ドストエフスキーの『未成年』である。一九三三年一二月の『文藝』の「「未成年」の独創性について」である。これは、「作品論」であろうか。

この当時は、戦後の三好行雄氏のような「作品論」というリジッドな概念は、もちろん、ない。「おもに作品についての論」めいたもので、「文芸時評」の作品評の延長線上にくる批評作品であろうかと思う。

ドストエフスキーの長編作品の中でも、『未成年』はマイナーな感じを受ける。山城むつみ氏の『ドストエフスキー』(講談社　二〇一〇年一一月)によると、カフカが非常に好んだ小説らしい。

「言葉に現れるものよりも内部に残っている方がずっと多い」――ドストエフスキイはこの事実を、片時も忘れなかった作家である。いや、この平凡な事実がどれ程人間相互の間に奇怪な関係をもたらしてるかを比類のない感受性で追及した作家であった。

およそ彼ほど哲学とか思想とかを好んだ小説家はない。彼の作品程思想の重荷を負った小説はない。而も、全作中抽象的思索或は常識的思想の片鱗すら見出すことは出来ない。全作品に盛られた無数の議論はすべて彼の所謂「内部に残っている方」を振り返り振り返り語られている。いつもそれを語る人物と内部的な連繫《れんけい》がある。思想は常に各人の思想であり而も各人の各状態各瞬間の思想である。

（「4」二四六頁）

私は、ここで『罪と罰』のラスコーリニコフの部屋での「ひとりごと」を思い出すのだが、ドストエフスキーの記述は、ほとんど「微分された意識のゆらぎ」であり、「思想のゆらぎ」である。あたかも「接写レンズ」で至近距離から写し出された「人格」である。プルーストは、ドストエフスキーを尊敬していたが、微視的に見られた、個人の「ひとりごと」であり、反芻される「意識の流れ」である。

一と口で言えば彼の創造した諸人物は思想の極度の相対性の上に生きている。（同前）

小林秀雄は、よく知られている、「ドストエフスキー論の陥りやすいパターン」を始めから免れている。

ドストエフスキーの小説の登場人物のそれぞれの「思想論」を展開する批評研究が続出して、小説全体の論にならないという陥穽である。小林秀雄の卓越したところである。これにはジィドのドストエフスキー論に助けられたところもあると思う。

例えば「カラマアゾフの兄弟」中の「大審問官」でイヴァンがアリョオシャに語る長々しい抽象論など、あれが所謂議論とならず、眼前にアリョオシャと言う人物を感じている、やや取乱したイヴァンという男の生まの言葉としている作家の繊細な手腕を見よ。この点ドストエフスキイは誠に傍若無人なリアリストであった。（同前）

そして自信をもって次のようにも断言している。

ドストエフスキイ程少くとも外観所謂思想的な小説を書いた人は無い、だから多くの批評家が好んで彼の作品を思想的に読み思想的に解剖したがる。そして彼が何を置いても純粋な文学者であった根元的な面を忘れ勝ちだ。

（「4」二四八頁）

小林秀雄の立場は、ドストエフスキーを「思想家」として批評研究するのではなく、ドストエフスキーをあくまで「小説家＝文学者」として考え、「小説の表現」を考察することにあった。前の、「大審問官」についての記述に続けて、次のように言っている。

成る程単純に考えれば、こういうことは彼が単に何を措《お》いても先ず小説家であったということを証明するに過ぎないと言えるのだが、それは軽薄な考えで、彼程人間と思想との問題に深く突き入った作家は、彼以前にもなかったし、彼以後にもないという点が大切なのだ、人間達が思想によって生き死にする有様を、彼程明瞭に描いた作家はいない。人間は思想に捉えられた時にはじめて真に具体的に生き、思想は人間に捉えられた時に真に現実的な姿を現すということを彼程大胆率直に信じた小説家はないのである。

（「4」二四六頁）

つまり、小林秀雄は、ドストエフスキーという、「前代未聞」にして「空前絶後」の文学者を論じようというのだ。これは、いわゆる「作品」についての論ではない。他の長編小説に逸脱するし、それも「作家論」的な流れになるし、『未成年』をきっかけしているものの、逸脱した記述の部分で、『未成年』についての「感想」以上の重要なことが語られる。「前代未聞」にして「空前絶後」の豊饒な大作家に挑みかかろうとする、大野心家の批評家小林秀雄の姿が、ここにある。周知のとおり、ロシア語はできない。それを意に介していないかのような、傍若無人な固い決意がうかがえる。それどころか、次のような日本文壇への「提言」までしている。

思想小説の伝統を欠いた日本文学も近時思想の氾濫に乗じて、思想的表現と芸術的表現との葛藤が問題となって来た。この両表現の弁証法的統一等々の子供らしい空言を聞くよりも、作家等はこの問題に関して生き生きとした教訓に溢《あふ》れているこの大作家の実物に推参すべきであると思う。

（「4」二四七頁）

これだけ「豊饒な大作家」であれば、まだまだ学ぶべきところが多いはずだ、というわけである。「批評的指導理論」の実作への応用は限界があるというのが、小林秀雄の持論であるから、まず、実作にあたって見よ、というのである。現実問題として、私も、小説は、実作から学ぶのが自然であると思う。それに眼を開かせてくれるのが、「鑑賞的批評」であると思う。小説の技術的な面は、その人の内面的な、創作のモチーフという微妙なものとかかわってくるので、ありきたりの創作理論の関知しえないものであると思う。

4

ジィドの説に触れて、小林秀雄は、逆説的な、矛盾するような言いまわしで巧みにドストエフスキーの本質に迫っている。言葉の遊び、語彙のすり替えのように見えるが、これが小林秀雄の批評の技術である。私たちの常識的な語義の感覚を利用しつつ、ずらし、翻弄しつつ、説得する文章技術である。

彼は実際家ではないが、妄想家でもない。極度に鋭敏な現実家なのである。実際家を現実家と間違える人が、鋭敏な現実家を妄想家と間違える。私は以前、ドストエフスキイの作品の奇怪さは現実そのものの奇怪さだと書いた事があるが、彼の作品の所謂不自然さは、彼の徹底したリアリズムの結果である。この作家が傍若無人なリアリストであったに依る。外に秘密はない。そういう信念から私は彼の作品を理解しようと努めている。

（「4」二四九頁）

ここに語られているのは、《信念》のことである。文芸批評家としての覚悟であり、「信じること」である。

「努めている」とは、その「努力」である。《惚れた大作家》を信じ、愛を「告白」しているのである。引用文中、「私は以前」とあるのは、批評作品「永遠の良人」でのことである。小林秀雄は、「小説の奇怪さ」を、「現実」に転移させていく。

彼の作品は実際生活がそうであるように仔細《しさい》に見れば心理的謎に充ち満ちている。

（同前）

小林秀雄は、私たちの惰性化した日常生活を《異化》する。《異化》されてみれば、私たちの日常生活は「ドストエフスキー文学の世界」である。小林秀雄は、『未成年』から例示している。そして言う。

彼の作品には間違った事は幾らでも書いてある、だが彼は此の世に起こらなかった事を書いた筈はない、架空事を真らしく書いた筈はない、そう頭から彼を信じて彼の作品をいつも私は読むことにしている。そういう態度で読むと、彼の作品程現実の経験に酷似した心理的冒険に出会う作品はないのである。

（「4」二五一頁）

このパラグラフは、まだ続くが、以下は、日本自然主義文学の伝統の「写実」のあり方、いわゆる「私小説」にまで延長、洗練されていく「リアリズム」に対する、根源的な批判である。それは、今までの小林秀雄自身の、惰性化した、《文学的感受性》へのラディカルな自己批判として顕示される。

そして、一見拵《こしら》えもののように感ずる個所に出会う毎《ごと》に自分の持っている自然さとかまことらしさとかいうものの尺度が、どの位習慣や教養やに依って作り上げられた贋物に過ぎないかを痛感するのだ。「人は私のことを心理家とよぶが私は単なる写実家だ」とは彼自身の言葉である。

（同前）

引用文中の「拵えもの」が、《反＝私小説》のキー・ワードであることは、見やすい。《異化》された日常生活は、日本の従来の、「惰性化したリアリズム＝私小説リアリズム」では、把捉できず、無力だというのである。「日常生活の不思議」は、《異化》という手続きをへて、「小説として拵えもの」にならない限り、文学的リアリティを獲得できないとの判断であり、自分は、その方向を目指すという《信念》の披瀝である。

また、トルストイの小説と比較して、ドストエフスキーの特色を次のように述べている。

例えばトルストイのあの整然たる描写を考えて見ればいい。「戦争と平和」や「アンナ・カレニナ」は、その累々《るいるい》と重なる複雑な構成にもかかわらず、与えられる印象は大へん静かな統一したものである。トルストイの小説には読者を惑乱させる様な出来事が描いてないのではない。そういう出来事が、すべて作者の沈着なリアリズムの作法の中でしか起こらぬのだ。丁度芝居の観客が、舞台で何が起ころうが安心している様なものだ。処がドストエフスキイの劇場では、幕がかわる毎に観客は席を代えねばならぬ様な仕組みになっている。而も幕はなんの警告もなくかわる。

（「4」一二五三頁）

ちなみに、右の部分を引用するにあたって、前掲書『ドストエフスキー』で、山城むつみ氏は次のように記している。四一四頁に、こうある。

このバフチンの発言に遅れること八年、（と言っても、右の著書が増補改訂の上再版された『ドストエフスキーの詩学の諸問題』を世間が読んでその「ポリフォニー理論」を喧伝し始める三十年も前だが）小林秀雄は、ほかでもない『未成年』に、ドストエフスキーの右の特異な劇場を独創的なものとして見出していた。

「次のように述べるとき、小林はバフチンと全く同じことを、バフチンから独立に全く別の角度から語っていると言っていい。」（同前）として、山城むつみ氏は小林秀雄のドストエフスキー論の先駆性を称揚している。氏の文中の「右の著書」とは、言うまでもなく、ミハイル・バフチンの『ドストエフスキーの創作の諸問題』である。氏は、小林秀雄とバフチンに「共通のドストエフスキーの小説観」を認識して、バフチンの認識を前掲書で、前衛的な映画の手法に延長していっている。それは、バフチンの時代の洗練された映画のモダニズムの方向へ展開していっている。手もとにある、平凡社ライブラリーの、桑野隆訳による『ドストエフスキーの創作の問題』（二〇一三年三月）によると、演劇は次のようになる。三九頁に次のようにある。

戯曲における劇の対話や、物語的な形式をとった演劇化された対話は、確固たる揺るぎないモノローグ的な枠のなかに収められている。（中略）真の多次元性は劇をこわしてしまうであろう。（中略）劇においては、視野を超越した統一性のなかでさまざまな一貫した視野が組み合わさることは不可能なのである。

これが、バフチンの「ポリフォニー」の認識であり、小林秀雄のドストエフスキー小説理解と共振している。しかし、小説の素となる「文字」でなら、いくらでも《接写》できるであろうが、通常の「劇場」ではできまい。小林秀雄は、ドストエフスキーの作家としての《野性》の方向へ進んでいく。バフチンの「方法的なリファインメント」とは､逆のベクトルである。素朴に「体当たり」して、散乱した心身が破壊されて断片化した骨肉が描く認識めいている。だから、基本、素朴である。

彼は、多くの写実派の巨匠等が持っていた手法上の作法を全然無視している。彼の眼は、対象に直かにくっついている、隙もなければゆとりもない。作中人物になりきって語る事は、最も素朴なリアリズムだが、この素朴なリアリズムが対象に喰い入るような凶暴な冷眼と奇怪に混淆《こんこう》している。こういう近代的なしかも野性的なリアリズムが、読者の平静な文学的イリュウジョンを黙殺している。

（「4」二五四頁）

そして、小林秀雄は、『未成年』から離れてしまう。もちろん、論点を求心的にするためである。

「カラマアゾフの兄弟」で、アリョオシャがカチェリイナの依頼をうけてスネギイレフ二等大尉の家を訪ねる時の場面を、たとえば取って見よ。狭い一室に雑居しているスネギイレフ一家六人、六人がことごとく異常な人物であり、読者は勿論、アリョオシャにも未知の人物である。まるで何が居るか解らない部屋の扉でも開ける様に、彼は大尉の家を訪問する。（同前）

まあ、ここまでは、いいとして、小林秀雄は次のように続ける。

作者は、アリョオシャの子供の様な眼に映った奇怪な光景を、何んの膳立《ぜんだて》もなくそのまま跳《おど》りかかる様に描き出す。無比な大胆さ、無類の率直さである。この秩序なく雑然と眼にとび込むものを、遅疑することなく雑然と描出する徹底したリアリストは、一と度作中人物にのり移れば、未だ形をなさない生育中の心理のはしくれまでも捕えつつ、どんな奇怪な行動も彼と共にするのを辞さない。（同前）

ドストエフスキーという作家の「野性」、「率直」、「大胆さ」、と、言葉にしてみれば芸がないが、「アリョーシャの無垢な眼」とぴったり重なる、というよりも、「アリョーシャの眼」そのものになって小説の世界に躍り入る、冷酷で飢えた「作家の眼」が、まざまざと小林秀雄によって「追体験」させられる。と、こういってしまえば、平凡である。小林秀雄は、これでもか、これでもかと実例を叩きつける。

「ミイチャは貪《むさぼ》るように見入るのであった。『ひとりだ、ひとりだ』と彼はまたこう断言した。『もしあれがここにいるのなら、親父はもっと違った顔つきをしている筈だ』。奇妙な事ではあるが、彼女がここにいないと思うと、とつぜん何かしら意味もない、奇怪な憤懣《ふんまん》の情が彼の心に湧きたって来た。

（同前）

引用は、まだ続くのであるが、ミーチャ（長兄のドミートリイの愛称）が、老いた、情欲に満ちた父親と情婦を奪い合って、父親の家を監視している場面である。「接写」し、ミーチャの独白を記述し、顕微鏡で見たような微視的な意識を切り裂くように、野太い情念が噴出する。かと思うと、湧き立つ憤懣の情念が、《父親殺し》をかすめて、反転し、よく知り抜いた肉親への、冴え切った分析的なモノローグになる。

『いや、これはあれがいないからじゃない』。ミイチャは即座に自分で解釈して、自分に答えた。『つまりあれが来ているか来ていないか、どうしても確かにつき留めることが出来ないからだ』」（「カラマアゾフの兄弟」、闇の中）

（同前）

自意識の独白は、「対話的」に記述され、しかも「飛躍する接続」の記述である。「独白」そのものが、地の文とあいまって、ドラマチックである。まさに、「観客は席を代えねばならぬ様な仕組みになっている」。

こういった「精緻と兇暴とを併せ持った強い性質のものは無い」と断定している。小林秀雄は、ドストエフスキーに「異常な繊細さと、冴えわたった刃のような分析力と、激発する凶暴性」の共存を見ているのだ。しかも、それらを強靭に統合する力技に驚嘆している。

『未成年』についての、軽やかだが、詩精神にあふれた総括を見てみよう。

前に「未成年」中の心理的謎の二例を挙げたが、ああいう謎が重なり重なり、最後に私達はドルゴルウキイとはどういう男か、という単純な質問に一括される一番深い謎の前に茫然とするのだ。遂に一括された朗々たる質問となっているという点が大切なのだ。（「4」二五六頁）

どうだろう、この「朗々たる質問」となって輝く小林秀雄の鑑賞眼は。引用は、まだ続く。

ああいう気違い染みた青年を拉《らつ》し来《きた》って、その姿態を隈《くま》なく描き出し、遂に青年とは何か、人間とは何かという正常な普遍的な問題を、否応なしに読者に強いているという点が大切なのだ。（傍点原文）（同前）

『未成年』を論じるにあたって、小林秀雄は、私生児のアルカージィ・ドルゴールキイを不動の主人公として捉えて、実父の貴族ヴェルシーロフにはまったく触れていない。紙幅の限界もあるとおもうが、正しいアプローチと思われる。引用されているドストエフスキーの小説の読みも新鮮で、すでに『悪霊』も読みこなしているところから、この「「未成年」の独創性について」という批評作品は、もっと重要視されてもよい作品であろうと思われる。

第五章　レオ・シェストフへの固執

1

小林秀雄は、戦後の一九四八年一一月、『創元』発表の「「罪と罰」について　Ⅱ」に至っても、まだ、レオ・シェストフの『悲劇の哲学』（邦訳　芝書店　一九三四年一月）に固執している。戦前の昭和九年に翻訳された著作である。

評家は猟人に似ていて、なるたけ早く鮮やかに獲物を仕止めたいという欲望にかられるものである。ドストエフスキイも、夥《おびただ》しい評家の群れに取巻かれ、各種各様に仕止められた。その多様さは、殆《ほとん》ど類例がない。読んでみて、それぞれ興味もあり有益でもあったが、様々な解釈が累々と重なり合うところ、あたかも様々な色彩が重なり合い、それぞれの色彩が、互に他の色彩の余色となって色を消し合うが如く、遂に一条の白色光線が現れ、その中に原作が元のままの姿で浮かび上がって来る驚きをどう仕様もない。

（「16」一〇二頁）

この、七色のスペクトル光線が重なり合うと、白色になるという、小林秀雄の十八番の太陽光線の科学の話は、ベルクソンから拝借したものであるが、結局、膨大なドストエフスキーの研究書を読んだが、残ったのは、ドストエフスキーの原作だけだ、ということを言いたいだけである。

ところが舌の根がかわかぬうちに、シェストフの『悲劇の哲学』という、ドストエフスキー論を論じ出すのである。『罪と罰』の前駆をなす、『地下室の手記』に初めて眼を開かせてくれたのが、シェストフだったからだというのである。ならば、小林秀雄のドストエフスキー論は、シェストフの「光線」の色彩に染められている、と言ったほうがいいだろう。しかし、小林秀雄はシェストフの論のいいかげんさを指弾し始めるのである。言うまでもなく、この「「罪と罰」について　Ⅱ」は戦後の小林秀雄の本格的批評活動を知らせる号砲のうちの一発であった。ドストエフスキーの作品研究の中でも最も重要なもののひとつである。「「罪と罰」について　Ⅱ」で、いきなり、何か、それが非常に重大なことであるかのように、シェストフをなじりだすのである。

いわゆる「シェストフ的不安」、昭和文学史上の「シェストフ論争」は、一九三四年前後のことである。

私は、平野謙の手になる『現代日本文學論争史 下巻』（未来社 一九五六年七月）を見ているのだが、レオ・シェストフの評判は、はっきり言って、悪い。河上徹太郎は、シェストフの『虚無よりの創造』（一九三四年七月）の跋文で「シェストフは所謂哲学者としては凡俗な思索家であり、軟弱な論理家である。」（同書 三一頁）と断定している。小林秀雄の僚友とでもいうべき河上徹太郎が、である。そして海外のシェストフ論を二本と、小林秀雄の文壇的時評を読んでみたが、小林秀雄のが一番立派であった、ということである。これは、小林秀雄を褒めたことになるのであろうか。極端に言えば「三流の哲学者を一番立派に論評したのが小林秀雄であった。」ということである。ちなみに板垣直子は、「シェストフ否定論」という文章で、「えせ哲人」（同書 五七頁）であって、「文学そのものについても正確にみる眼を欠《か》いている」（同書 六一頁）と酷評している。戸坂潤も悠然と酷評している。「有態《ありてい》に云うと、私の読んだ限りでは、シェストフという人物その人の思想は、一国のジャーナリズムを挙げて問題にするに足る程重大性のあるものとは到底思われない」、「最大級の間投詞で以てシェストフを語ることは、時間が経つと多少恥ずかしい結果になるだろうことを、覚悟しなければならないのではないかと思う」（同書 六三頁）。要するに、シェストフは、「偉大な」人ではなく、「片隅の思想」（同書　六三頁）を持っているだけである。この戸坂潤「シェストフ的現象に就いて」は、一九三五年二月の『文學評論』のものである。順番が前後したが、板垣直子は、同年一月『行動』のものである。

当時の「シェストフの流行」は、正宗白鳥の三度繰り返し読んだということから始まって、小林秀雄の熱烈な入れ込みようなどで過熱したらしく、二巻本の選集まで大手の改造社から出版されるということになった。今日では、ほとんど読まれることのないシェストフで、文学史的にのみ、その名が残っているだけと言ってよい存在である。

小林秀雄は、「レオ・シェストフの「虚無よりの創造」」という書評を、一九三四年九月の『文學界』に書かされていて、その中で、「僕は前にも書いたが彼の言うことはみんな正しいと思っている。」（「5」二一八頁）とはばかることなく言っている。

難しいところであるが、レオ・シェストフは時の流れの中に沈んで姿を消してしまった。歴史の審判であろう。小林秀雄の「批評眼」が問われるところである。

とは言うものの、私は、ぜひ『悲劇の哲学』をここで取り上げる必要を感じる。それは、小林秀雄の力作「「罪と罰」について　I」の起点になっていることに気がついたからである。

2

現行のテキストの「「罪と罰」について　I」は、「1」、「2」、「3」という三つの章から成立しているが、「1」は一九三四年二月の『行動』に、というように分載されたもので、『行動』、「2」は同年五月の『文藝』、そして「3」が同年七月の『行動』に、というように分載されたものである。初出の詳細は、今は省略するが、いずれも「ノオト」として発表された。ところが、「1」の冒頭で、レオ・シェストフ『悲劇の哲学』が大きな〈枕〉として使われ、分載中の四月には、『文藝春秋』に批評作品「レオ・シェストフの「悲劇の哲学」」が発表されるという、込み入った関係になるのである。

つまり、ドストエフスキーの『罪と罰』論以前に、小林秀雄が『悲劇の哲学』から何を受け取ったのかが、先決すべき問題となるのである。

レオ・シェストフ「悲劇の哲学」（河上徹太郎、阿部六郎共訳）、最近われを忘れて通読したただ一つの文学的論文であった。

（「5」一〇一頁）

小林秀雄は、「レオ・シェストフの「悲劇の哲学」」を、いきなり、こう切り出している。感嘆ぶりが伝わってくる文章の切り出しである。『悲劇の哲学』の原題は『ドストエフスキーとニーチェ』で一九〇三年の発表である。三十年以上も前の著作である。翻訳は、一九三四年一月だから、小林秀雄はすぐ読んで夢中になったわけである。『罪と罰』論とオーバーラップしたわけである。

毒はずい分利く。勿論一冊の書物が生きた人間を殺すわけにはゆかぬ、が、憎悪、孤独、絶望を語り、「最醜の人間」とその問題とのみを信じた作者の言葉には、いかにも抜き難い力がある。

(同前)

延々と語り続けて、言う。

文学作品が哲学的理念を担い、哲学的体系が文学的リアリティを帯びるのを屢々《しばしば》私達は見た。

(「5」一〇五頁)

レトリックを離れて哲学はない、

(同前)

後者の途中までの引用は、すでに、ジャック・デリダである。文章は続く。

言葉を離れて理論はないからだ。整然たる秩序のなかに、どんなに厳正に表現された哲学体系も表現者の人間臭を離れられぬ。歴史の傀儡《かいらい》、社会の産物たる個人の影をひきずるものだ。哲学が文学に通ずるのは、この影に於いてのみである。論理的言語が、精妙であればある程、この影は精妙である筈だ。（同前）

哲学的理論がこの影によって、生彩を得るとしても、それは哲学者にとって余儀ないものだ。いくら振り捨てようと思ってもまつわりついて来るニュアンスだからだ。哲学者は影を追うのではない、影が寧《むし》ろ彼を追うのである。彼はただ力の限り修辞学《レトリック》と戦って、純理の世界を目指すだけである。（同前）

「文字」、「言語」による哲学はもちろん、「論理記号」による思考も、それらを操作する《人間》という「主体」が不可欠である。いや、あたりを見回してみると《人間の痕跡》のないものを探すことの方が難しい時間や空間さえある。ましてや、文学や哲学は、「人間の影」を活かしてこそ溌刺と輝く時がある。

聞くところによると、高等数学はスリリングなものだそうである。人間臭い、「情熱」、「理智」を感じる。

「あらゆる哲学はいわば哲学者の回想録であり意図しない告白だ」とニイチェが悲し気に言った時、確かに彼は、哲学がその純理的構造にもかかわらず、作者の個人的影を余儀なく曳摺《ひきず》っているものだという事情を理解していた。（「5」一〇六頁）

あらゆる哲学は哲学者の告白にすぎぬ、この場所に跳《おど》りかかって、今日の史的唯物論があらゆる哲学的観念論を否定し去った事は人のよく知る処だ。人々はここに何か一大革命が起こった様に騒いでいる。（「5」一〇七頁）

即ち史的唯物論なるものも亦《また》、認識論を哲学の根柢の問題とせざるを得ないという近世哲学の特質をもってその特質とせざるを得ないという事だ。認識論のうちで昔乍《なが》らの修辞と理論との

悪闘をつづけねばならぬという事だ。（同前）

小林秀雄は、カール・マルクスの史的唯物論の敗北を宣告し、凱歌を奏している。

何んの唯物論ぞ。いや何が観念論か。革命は現実のある場所である時起こったのだ。哲学の領域で起こったのではない。（同前）

史的唯物論が哲学的観念論を否定したのは己れの手をもって己れを否定したのだ。（同前）

こう述べられてみると、一見、小林秀雄は、カール・マルクスの史的唯物論に勝利したようにも見える。しかし、これは「単純な一般論」であって、いかなる思想の理論も、それを論じる人間の基本的な「認識」の上に築き上げられるという、人間であれば、哲学に限らず、普通に生きて、生活する場合にも同じことである。レベルをぐんと下げて、「認識論」という事々しいものではないにしろ、そういった類の「考え方」なしには、人は生きられないものである。そういう「基本構造」を破壊することは、生きることを破壊することであるから、現実には、小林秀雄の論は無理筋である。

それを近代哲学や、史的唯物論に小林秀雄はあてはめてみているわけであるが、ニーチェを引用して「あらゆる哲学はいわば哲学者の回想録であり意図しない告白だ」とするのは、「思想」や「理論」の《可能性を極小化》することになる。ミニマム化である。いわば、「あらゆる植物には《根》というものがあるから、《根》だけを見ろ」というのと同じことである。どんな花が咲き、どんな葉がどんなふうに広がり、どんな実が成るかは、黙殺してしまうやり方である。「どんな植物にも《根》がある」というのは、重要ではあるが局部的真実であって、植物の《全体としての可能性》に眼をつむることになる。

したがって、このような論理の運びでは、近代哲学や現代思想の《限界》を論証したことにはならない。マルクスの思想も、もちろん、否定されたことにはならない。それぞれの思想や哲学を、その《全体としての可能性》に眼をつむっているだけである。それぞれの基礎的「認識」のポテンシャルを黙殺するやり方は、まともだとは言えない。

「あらゆる哲学はいわば哲学者の回想であり告白である」をシェストフは「もっと荒々しく引延ばす」と『悲劇の哲学』から、さらに引用して、ニーチェの言葉をアドリブする。

あらゆる哲学は或る階級の自己弁護であり告発である、と。
（「5」一〇八頁）

これは、念を押しておくが、ニーチェの「あらゆる哲学はいわば哲学者の回想であり告白である」の変形、デフォルメである。デフォルメして、スライドするのである。引用を続けよう。

それなら来るべき階級の哲学の自己弁護と告発はどうするのか。歴史は凡そ階級の消滅を保障しているか。では、階級の消滅を計算して何故個人の運命に就いて語らない。史的唯物論の方法は厳密に科学的であって、そこに人間的自己弁護も告発もないのか。
（同前）

これはソビエト連邦の、あるいは共産主義国家の弱点を鋭く突いているだろう。ただ、どんな「理想的な社会」になっても、一人ひとりの人間の能力差や、個性、運と不運、それによる幸不幸は消えないだろうという「想像力」の問題であろう。そして小林秀雄は、ドストエフスキーの『カラマーゾフの兄弟』を引用して、大きな理想社会の実現のためには、どうしても小さな子どもの生命の犠牲を払わなければならないとしたら、どうすると詰問する。ある意味で紋切り型の問いである。

シェストフの『悲劇の哲学』は、「……お前は呪われた人たちを愛するか？　云ってくれ、赦《ゆる》されない人を知っているか?」というボードレールの『悪の華』の言葉に始まり、同じ言葉で終わっていることを小林秀雄は指摘している。このあと、細田民樹の小説「犬吠岬心中」(『中央公論』同年三月)の書評を延々と続ける。典型的なプロレタリア小説と見なしたから、「リアリズム論」としての作品分析であろう。

最近はリアリズム論議がさかんであるとして、その実効性に疑問を投げかけながら、次のように言う。

何故に作家のリアリズムは社会の進歩なるものを冷笑してはいけないのか。作家のリアリズムとは社会の進歩に対する作家の復讐ではないのか。復讐の自覚ではないのか。人間文化の持つ強烈な一種のアイロニイではないのか。現存するあらゆる愚劣、不幸、苦痛を、未来の故に是認することを肯《がえん》ぜぬリアリズム精神の上に、果たして社会の進歩が築かれ得るか。

(「5」一一二頁)

「レオ・シェストフの「悲劇の哲学」」は、ゴーゴリが原稿を焼却して、発狂したとされたエピソードで終わるが、今、引用した小林秀雄の文章の背後には、ドストエフスキーの小説『地下室の手記』の存在が、濃厚に感じられる。ただ、勘違いしてはならないのは、前の引用のような小林秀雄の「意見」を読むと、ともすると小林秀雄が、政治に対して「一家言」を持ち合わせているように錯覚しがちであるが、あれは、基本的に「文学論の次元」なのである。《政治に対する嫌悪感》をぶちまけているだけで、特に普通の人より優れた政治的見解を小林秀雄自身が持っているわけではない。マルクスに関しても、一時、猛烈に勉強するようなことを、もらした時期もあったが、大嫌いであった、というのが知友の一般的見解である。太平洋戦争の開戦時の感想や、戦時下のふるまいを見ても明らかである。

青野季吉は、「『悲劇の哲学』に関するノート」（『文藝』一九三四年九月）で、シェストフに対する反論を述べている。青野季吉は「この書は理想主義にたいする徹底的の挑戦であると共に、神学にたいする残酷な罵声である」と断定している。引用は、前掲『現代日本文學論争史　下』による。

——この罵声は、科学にたいするわれわれの不信を呼び起こす力をもっている。われわれは科学のうちに、確かにこの罵声に値するもののあるのを知悉しているからだ。しかしわれわれは思い切って、あらゆる科学をかく生の現実に背くものとして、その「権威」を否定していいだろうか。それを否定することはもとより勝手だが、それで人類の存在や、未来のことに関し

て、何ごとかを考えることができるだろうか。　（四八頁）

しかし社会改造を企てるものも、それによって、人間の社会から、また生から、悲劇をまったく追放出来るなどとは考えはしないだろう。（中略）どんなに社会が改造されようと、しょせん悲劇は追放されない。しかしそれだからと云って、社会改造が放棄されていいと云う論理は出て来ないのである。　（同前）

シェストフの、特に、「民衆」への記述は、まだ続くが、青野季吉の意見あたりが、当時の穏当な見解のように思われる。

だが、参考までに、一九三五年一月の『文藝』に発表された、小林秀雄の「シェストフの読者に望む」を全文引用しておこう。

シェストフに就いてはいろいろな議論があり、読む人によって解釈がまるで違っている様である。これはシェストフという人が、決して独断家でもなく片寄った概念家でもないという証明であろう。彼は皮肉屋でも冷笑家でもない、そんな人間が人々を動かすわけがないではないか。今度選集が出て、彼を熟読し、彼の豊富さ健全さに就いて思いあたり、少し許《ばか》り読んでかれこれ言う人が少くなる事を望む。（「6」一二六頁）

選集の広告の気見合いが露骨である。が、小林秀雄は意外と真面目であろう。本音は、「「紋章」と「風雨強かるべし」とを読む」（『改造』一九三四年一〇月）の冒頭に出ている。「シェストフの様な否定的な極端な思想というものは、読者に切端つまった観念的な飢渇のない場合、影響という事はほんとうには考えられないのである。わが国のインテリゲンチャにそんなものが一般にあろうとはどうしても僕には思えない。」（「5」二一九頁）として、我が国にはそれほどシェストフが迎えられているとは思えない、として、三木清などに触れている。

これが、小林秀雄の本音であろう。「「紋章」と「風雨強かるべし」とを読む」にかんしては、また後で言及する機会があると思う。

第六章　「「罪と罰」について　Ｉ」より始めて

1

「「罪と罰」について　Ｉ」から始める、としたが、非常に微妙な「断想」というエッセイがある。一九三四年八月、『文藝春秋』に発表されたものである。

日本は、ロシアのようには、キリスト教にはそれほど深い縁がない。だから、《「罪」と「罰」》といっても、単なる「ニュアンス」以上の異質性がある。日本には「信教の自由」が保障されているが、欧米的な意味で「信教」があるかは、……というか、その「感覚」があるかは、はなはだ疑問である。言い古されたことであることは、百も承知である。同時に、西欧の近代文学は、中世キリスト教の、教会を中心とする体制の崩壊の「巨大な文化的エネルギー」によって生まれたというのも、定説化している。ラテン語の聖書が、各民族の言語に翻訳され、教会の独占的宗教支配体制が崩れ、聖書が民衆のものとなったことが大きい。それまでは、教会の讃美歌もラテン語だったから、「権威に満ちた神秘的な音楽」であり、民衆には意味がわからない、近づきがたい神聖な権威であった。それが歌詞の意味が理解できるようになったし、識字層は直接、聖書を手にして神に接するようになった。日本には、そのような宗教経験がない。

日本の近代化が、文学的にも、江戸時代からの「なし崩し的近代化」に見えるのも、不思議ではない。近代の文献実証学は、日本では江戸時代まで遡ることができる。いわゆる国文学の「新注」であり、それは漢文学の研究に先行されていた。ヨーロッパで中世の文化の城壁が破壊されて近代化する衝撃よりも、近世日本の文化の城が破壊される衝撃は小さかったのではないかと思う。これは、短見であろうか。日本近代文学で、封建制と馴れ合ったような「私小説」の伝統が生まれたのは、何か、理由があるはずである。

などと、確証もないことを、漫然と話題にしても仕様がない。

さて、話を戻して、小林秀雄の「断想」である。

罪というものはない、責任というものがあるだけだ、とストリンドベルグが何処《どこ》かで書いていた。責任というものすら無いかもしれない。とまれどんな道徳律でも疑う事は出来る。だが不徳に伴う苦痛だけは疑えない。良心を信じない事は出来る。従って良心に反するという事は無意味であり得る。だが苦痛だけは残る。

（「5」一五〇頁）


この、小林秀雄の曖昧な記憶による、ストリンドベルグは、倫理観、道徳感において日本人めいている。ストリンドベルグは、スウェーデンの劇作家、小説家。一八四九〜一九一二年。

引用は、まだ続きがある。


ラスコオリニコフは自分の殺人の行為に就いて悔恨を感じていない。だがこの行為を他人に絶対に秘密にして置かねばならぬ必要は感ずる。この必要が罪というものの正体だ。この必要が現実的な苦痛を生む。彼の告白は良心の勧告の為ではない。社会の約束が彼に強いたこの苦痛、即ち強いられた孤独に生き難くなった結果である。生き難くなるから、この生を回避する為に、口実として悔恨が必要になって来る。（中略）ドストエフスキイは「罪と罰」で、所謂宗教の問題も倫理の問題も扱ってやしない。罪という言葉、罰という言葉を発明せざるを得なかった個人と社会との奇怪な腐れ縁を解剖してみせてくれたのだ。

（同前）

今、手もとに、コンスタンチン・モチューリスキー著『評伝ドストエフスキー』（筑摩書房二〇〇〇年五月）、松下裕・松下恭子訳があるのだが、『罪と罰』は連載中からセンセーションを巻き起こしていたにもかかわらず、「第四部第四章——ラスコーリニコフがソーニャと会い、ソーニャが福音書を読みあげるくだりは、『ロシア通報』の小うるさい編集者たちを当惑させ、彼らはその掲載を拒んだ。ドストエフスキーは「善と悪」を区別することでその章を書きなおし、そこには反道徳的なものは何もないことを証明しなければならなかった。リュービモフ（佐藤注 編集者）に彼は書いている。「善と悪は極限まで区別されたので、もはやこの二つを混同したり歪曲して利用したりすることは不可能です……。あなたの言われたことはすべて実行しました。なにもかも区別し、境界をつけましたので、明白になっています。福音書の朗読には別の色調が与えられました……」（一八六六年七月八日づけ）」（三〇三頁）という記述がある。

ドストエフスキーは、『罪と罰』を連載していた、雑誌『ロシア通報』の編集者のカトコフ、リュビーモフと衝突したのである。ミュリコフ（佐藤注 古くからの友人）には、「まぎれもない霊感にかられて」（同前）書いたのだが、何とも言えない。「けれども、彼らが問題にしているのは文学的な価値ではなくて、道徳性の懸念なのです。この点ではわたしは無実でした——反道徳的なものは何ひとつなかったばかりか、むしろ正反対なのです。にもかかわらず、彼らはそこに別のものを見、おまけにニヒリズムの痕跡まで見ているのです。リュービモフは断固として、書きなおさなければならないと言明しました。それを引き受けましたが、この厖大な章の書きなおしは、骨の折れることと憂鬱なことからいって、少なくとも新しい三章分くらいの労力を要しました。けれども書きなおして、渡しました。ところが困ったことに！　その後リュービモフと会っていないので、彼らが書きなおしに満足したかどうか、勝手に書きなおしはしないかがわからないのです」（一八六六年七月中旬）」。（同前）そして、ドストエフスキーの必死の懇願にもかかわらず、「カトコフはそのままにはしなかった。彼は「ソーニャの性格と行為にかかわる」何行かを削ってしまった。」。（三〇四頁）

以後、ドストエフスキーは、もとの形には復元しなかった。思わず、引用が長々しくなってしまったが、たぶん、おゆるしいただけるだろう。これが世界的名作『罪と罰』の創作の《現場》である。そして名高い『ロシア通報』の編集者カトコフの宗教的、道徳的厳格さである。

この大訂正版『罪と罰』を読んで、世界中の読者も、小林秀雄も批評し、論じたのである。しかし、小林秀雄の「断想」のラスコーリニコフ観を光源にしてみると、カトコフの編集者としての用心深さも見えてくるような気がする。『罪と罰』という小説は、元来、宗教的にも、道徳的にも、ギリギリの境界線上でかろうじてバランスを取っている、綱渡りをしているような作品であり、重量もはんぱでなく、そこが最大の魅力である。主題的にも、「危険なかおり」が強く匂ってくる傑作である。

2

「『白痴』について　I」(『文藝』一九三四年九月〜)にも、実質的に「『罪と罰』について　I」は、内容的に浸食してきているので、『罪と罰』論は、そこの部分も含めて語られるべきであろう。

「断想」のラスコーリニコフ観からすると、人間の「個我に内属する社会規範」を侵犯して、殺人を犯し、良心の呵責にたえきれず、自首したという物語になる。しかも「知られてはいけない」という強烈な意識と「罪の意識のなさ、良心の呵責の弱さ」が目立ってくる。ラスコーリニコフは、殺人を犯した自分は「罰せらるべきだ」という意識は低い。共同体のルールの侵犯で、いわば「社会の掟破り」の物語であるはずなのだが、決定的な「法を侵犯した」という自覚はうすい。そして「知られてはいけないという恐怖」が犯行後のラスコーリニコフをじたばたさせる、行動させる。その印象が強い。ドストエフスキーの生きた時代の、宗教・道徳など文化的な重圧がなくなると、小林秀雄の「断想」の日本的『罪と罰』観になってしまうのである。ドストエフスキーの生きた時代の代表的な宗教観・道徳感は『ロシア通報』の編集者たちに現れている。

さて、もともとは小林秀雄は既述したように、《性格破産者》が主題であった。日本の大正期には、《性格破産者》を歌いあげた詩的小説はあった。それを「抒情的」にではなく、徹底して「散文的」に作品化した「お手本」としてドストエフスキーの作品にアプローチしようというのが、小林秀雄の目的であった。

高利貸しの老婆の殺人計画をしたラスコーリニコフを小林秀雄は次のように確認していた。

　ラスコオリニコフは、自分の行動が確然たる自分の思索の結果である事をはっきり知っている一方、自分が行動に引摺《ひきず》られる単なる弱虫である事もはっきり知っている。こういう男がどの様な身振りで婆さんを殺すか、作者がこれを殆ど数学的ともみえる程の的確さで描いている様を見よう。（傍点原文）（「5」三五頁）

こう、小林秀雄は断言するのだが、ラスコーリニコフは今は大学に行っていないものの、長身の美男子で、人づきあいはよくなかったが、勤勉な大学生であった。父親はすでに亡くなっており、故郷には母親と美人の妹がいる。いわば、ペテルブルグに上京してきて、立身出世を目指した、上昇志向の強い近代的青年といったところであろう。インテリゲンツィアである。森鴎外の『舞姫』の主人公などと似ている。あるいは夏目漱石の『三四郎』が思い出される。が、三四郎はぼんやりした田舎者であろう。ラスコーリニコフは学資の不足をおぎなうバイトもやめてしまって下宿に引きこもり、さまざまに「空想」をたくましくしたあげく、社会的には害をなすのみで、何の役にも立たない老婆を殺す計画を思いついたわけである。ナポレオンのような「非凡な人間＝超人」には、「殺人という罪」がゆるされており、ラスコーリニコフ自身も、「善」（社会的な害悪である金貸しの老婆殺し）はゆるされているという「空想」である。

この「空想」は、青年の、近代的な過激な上昇志向、それの挫折による「極端な引きこもり」によると思われる。周知の世界的名作であるから、詳述の必要はないと思われる。ラスコーリニコフは、立身出世という野望で、「学制」に組み込まれ、「故郷を失った人間」である。「共同体の規範」から遊離し、《自意識のファンクション》（バフチン）によって、「自意識の悪循環」に陥ってしまう。小林秀雄の引用を、引用してみよう。

「《どんなことでもやってのけようと思っていながら、こんな些細《ささい》なことにびくつくなんて！》と、彼は変な微笑を浮かべながら考えた。《フム……そうだ……何んだって人間の手で出来ない事はないいんだ。それをさっさと素通りさせて了《しま》うのは、みな臆病だからなんだ……これはもう確かに公理《アクシアム》だ……ところで、人間が一番恐れているのは何だろう？　彼等の一番恐れているのは、新しい一歩を踏み出すこと、新しい独自の言葉を吐くことだ……が、待てよ、俺はちと口数が多過ぎるぞ。口数が多過ぎるから何も出来ないいんだ。いや、待てよ、何もしないから口数が多くなる――こうも言えるからなア。もともと俺は、先月一っぱい、夜も昼もあの隅っこにごろごろしていて……つまらないことを考えている中《うち》に、ついお喋《しゃべ》りを覚えて了ったんだ。

（「5」三六頁）

引用は、まだ続く。が、ここがポイントである。バフチンの言う、《自意識のファンクション》の生成を、ラスコーリニコフみずからが語っているところである。「先月一っぱい、夜も昼もあの隅っこにごろごろしていて……つまらないことを考えている中に、ついお喋りを覚えて了ったんだ。」というところは、自覚された《自意識のファンクション》の生成である。始まりである。いや、これも信用できない「対話的独白」の一連の流れにすぎないかもしれない。いずれにしろ、後年、ジェイムズ・ジョイスが「内的独白」の手法とした描出と非常によく似ている。《自意識のファンクション》の構造は、「内的独白」が自意識の対象化によって、新しい「内的独白」にオーバーラップされ、押しやられて、あるいは思考的に対話化される。それが際限なく続くのである。いわば、「地下室の人間」であって、この《お喋り》を引きこもって、ラスコーリニコフは「夜も昼も」続けたのである。バフチンによると、これが「ポリフォニー小説」のひとつの特徴というか、ひとつの構成原理だそうである。〈人間の中の人間〉の「現存」である。

そして「自意識」は、初期の小林秀雄の出発点である、ポー＝ボードレール理論の批評原理でもあった。これは、小林秀雄の内的な《自意識の系譜学》である。

それはそうと、何んだって今頃俺は歩いているんだろう？　ほんとにあの事が俺に出来るだろうか？　あれが真面目な話だろうか？　どうしてどうして真面目どころか。あんな事を空想して、ひとりで面白がってるに過ぎないんだ。おもちゃだ！　うん、勿論おもちゃだ》」
（第一篇、第一章）（同前）

あわせると長大な引用だが、小林秀雄はラスコーリニコフを過不足なく把握して、次のようにコメントしている。

何かしら軽快、何かしら陰鬱、歪《ゆが》んだ笑い声の様に無意味で、而もここに全ラスコオリニコフがいる。少なくとも道化としての彼の全貌は浮かび上っている。（同前）

《性格破産者》は、「壊れた人間」、「道化」の側面を持つ。自意識の悪循環によって徹底的に人格を破壊されて「壊れた人間」、《散文》によって芸術化された《性格破産者》の〈人間の中の人間〉が透視されている。《自意識のファンクション》の《ファンクション》は、数学的には「関数」の意味もある。小林秀雄が《全ラスコオリニコフ》がいる、と判断しているのは、その意味でも正しい。この「関数」は、すでに「解答」を内包している。ラスコーリニコフの「人間」は、自意識によって切り刻まれ、ボロボロの「おもちゃ」になっている。それでもまだ「現実」は、厳然として存在し、母親と妹もあり、妹は兄ラスコーリニコフの負担とならないように自分を犠牲にしようとしている。家族のために淫売婦となったソーニャとラスコーリニコフの妹のドーニャは、ふたりとも「家族の犠牲」になるというパラレルな関係にある。フェミニズム的な観点である。ドーニャも見合い結婚によって、実質的に、「貞操」を売ろうとする。

これらの状況が母親からの手紙によってラスコーリニコフの自意識の独白の中に、対話的に映し出され、《お喋り》となる。「壊れた人間」にも、肉親は現存し、母親は発狂にまで追いやられる。「自意識＝独白的知性」は、あらゆるものを「対象化」する。社会人としての守るべきルールにも「疑問符」をつけるし、自分の人生設計にも、友人関係、広く人間関係、社会秩序、「人間」、「善と悪」にも、すべて「疑問符」をつけて、「懐疑」の対象とし、自分の人間的な環境にも、自己も「神」も、確かなもの、信用できるものは、何もなくなるほど「思考の対象」にしてしまい、ふつうの人間社会から浮き上がった「おもちゃ」のようになってしまい、「自己の中の人間の実存」にしか、根拠がなくなってしまう。その実存さえ、じつは疑わしいのだが、不思議なことに、「その自己」は消えることはない。ともかくも生きて社会秩序や環境や肉親に縛りつけられている。「内的独白」が、ジェイムズ・ジョイス以前のかたちであるように、小林秀雄はドストエフスキーの「夢」が、フロイト以前を感じさせると指摘している。そのとおりであろう。

だが若し燦爛《さんらん》として沈みゆく太陽の姿が彼に祈りの言葉を強いたとすれば、祈りとは彼にとって何を意味したか。もしリザヴェエタの何気ない一言が彼に殺人を強いたとすれば、殺人とは彼にとって何を意味したか。ここにこの主人公の心理構造の頂がある（傍点原文）。

惟《おも》うに超人主義の破滅とかキリスト教的愛への復帰とかいう人口に膾炙《かいしゃ》したラスコオリニコフ解釈では到底明瞭にとき難い謎がある。（同前）

（「5」四〇頁）

大都会の真ん中で、地域社会から「切断」され、あらゆるものを《自意識のファンクション》の《お喋り》によって「神」をも、「人」をも、存在の根底から「懐疑」しつくし、「人間としての内面性」を《荒野》のように荒らしつくし、「感受性」をも摩滅させてしまうようでいて、ラスコーリニコフを人間らしく生きさせるのも、また、《自意識のファンクション》である。「内的対話」として、それぞれの人間たちを「独白＝意識」内に存在させ、対話的に、奇妙な言い方であるが、「多人間的」な人間性を、ラスコーリニコフは自分の人格内に養うのである。対話的に彼らの人格を活かす。

これは、明らかにロシア版の、資本主義社会における《性格破産者》である。小林秀雄は、「1」の末尾で、ドストエフスキーがラスコーリニコフを創造したことを「率直に驚嘆したい」とし、「ラスコオリニコフ的という明らかな存在様式」を与えたいとしている。

3

思うに、戦前の小林秀雄は、「新妻」に接するように、ドストエフスキーの作品を論じている。戦後は、それに対して「古女房」を扱うように作品を論じている。戦後のものは、もちろん立派であるが、戦前のものは、みずみずしく初々しい。

さて、「2」である。金貸しの老婆が、ひとりっきりでいる時刻をリザヴェータの会話を偶然、耳にする。小林秀雄は言う。

偶然耳にしたリザヴェエタの一言は、言葉というよりも寧ろ無意味な外的刺戟《しげき》であった。ラスコオリニコフはリザヴェエタの言葉に、彼の行為の動機を発見したのではない。はや、凡そ行為の動機というものを見失って了った心が、或るささやかな衝撃に堪えられなかったのである。自由意志の這入《はい》りこむ余地はない、凡《すべ》てが決定されたと彼は感じたが、又この時彼は己れの置かれた位置を自ら知らぬのである。

（「5」四一頁）

小林秀雄は、ドストエフスキーが主人公を、こういう「非人間的な状態」においたことに喚起を促す。この指摘は鋭利である。

ここで初めて「1」の小林秀雄の言葉を私は思い出す。

「罪と罰」を読むものは、客観的小説の所謂冷たさを感じない、丁度映画の観客の心を動かしているものに酷似した、見ている画に対する一種無意識な同情を強いられるのが普通であるが、この作品の熱っぽさ、烈《はげ》しさにかかわらず、作者のプランは冷たい、恐ろしく冷たいのである。

（「5」三二頁）

このプロットの「非情さ」、「直観的な鋭い厳格さ」は、至高のものである。巨大な金属の歯車どうしが、動かしようもなくかみ合ってしまったようである。殺人という運命的行為は、不動のものとなる。しかも、きっかけの、その、軽やかなこと。会話を偶然、小耳にはさんだというだけである。ごく平凡な、日常のささやかな、取るに足りないような、軽妙さである。これが、小林秀雄の指摘する、ドストエフスキーの「プランは冷たい、恐ろしく冷たい」ということである。

引用は、とぶ。

つづく殺しの場面は、この作者の見せてくれる数々の劇的場面のうち最も美しいものの一つである。

（「5」四三頁）

小林秀雄は、「殺人」を「美しい」、《美》、「最も美しい」と言っている。もちろん、フィクションであるが、非道徳的、芸術的批評である。

計算は終った。答えを書けばいい。

（同前）

と。

「最早《もはや》一瞬の猶予も許されなかった。彼は斧《おの》を全部抜き出すと、それを両手で振りかぶって、辛《かろう》じて自意識を保ちながら、殆ど力を入れずに、殆ど機械的に、背の方を下にして頭の上へおろした。そこには、彼の力は少しも加っていないようであった。が、一度斧を打ち下ろすや否や、彼の身内には忽ち力が生じた」

（同前）

第一篇、第七章。と、小林秀雄は注記して、おしまいの二文に「傍点」をふっている。そしてラスコーリニコフの行為を評して、小林秀雄は、こう言う。

これが答えである、ラスコオリニコフ年来の宿望の答えである。彼の行為の悲劇性はこの数行に圧縮されている。最後の斧の一撃さえも彼を裏切った。これが一体人間の行為なのであるか。

ここに至ってはじめて読者は作者の質問に面と向かって立つ。「君はこの男をどう思う」と。すなわち「罪と罰」という物語の発端に立つ。だが惟うにこの発端は又この小説の終局ではないのだろうか。作者は終りまで偏《ひと》えにこの斧の一撃の真意を解明しようと努めているのではなかろうか。

（同前）

これは、本質的に《ファンクション＝関数》である。関数式は、解答をはらんでいるし、解答は、関数式を前提としている。この《悲劇》には、ドラマはあるが、「主人公の成長」はない。（前掲『ドストエフスキーの創作の問題』二六一頁)。バフチンの言うように読者を納得させるだけの、ポリフォニー小説的でない、モノフォニー的な終局が付与されているだけである。検事のポルフィーリーは第六篇、第二章で、この事件は、現代的な「理論」にもとづく殺人だと喝破する。「事件の空想性」がこの殺人の本質である。小林秀雄は、『罪と罰』を否定する、クロポトキンや、J・M・マリに反論しつつ、「この小説に登場するすべての人物がラスコオリニコフ系の惑星である」(「5」四五頁)とする。「空想が観念が理論が、人間の頭のなかでどれほど奇怪な情熱と化するか、この可能性を作者はラスコオリニコフで実験した」(「5」四六頁)とする。また、ニーチェの『善悪の彼岸』の超人主義思想に先行するというシェストフの評価も、主人公の正確な理論と「無様な行為」の対照の妙を考えれば、取るに足りないとする。(「5」四六頁)なおかつ、ラスコーリニコフは自分の思想に「退屈」している、とも言う。(同前)。そして彼の言葉を引く。「平凡人も非凡人も皆んな全く存在権を持っている」と。(同前)。丁寧な読解によって、小林秀雄は、いわゆるラスコーリニコフの「超人主義思想」も否定する。だが、前もって、こうも言っていた。

重要なのは思想ではない。思想がある個性のうちでどういう具合に生きるかという事だ。

(同前)

これは、小林秀雄の同時代文学のためのテーマでもあったことを忘れてはならない。ドストエフスキーを探究することによって、日本文学を高めようとする志向である。プロレタリア文学が壊滅していく文壇状況の中にあって、プロレタリア文学の思想的経験を活かしつつ、文学の可能性を探っていたのだ。

ラスコオリニコフこそ「性格のない個性」の作者一世一代の具現だからである。

（「5」四八頁）

と、『地下室の手記』に言及しながら、「むごたらしい自己解剖が彼を目茶々々にしている」としつつ、さらに「読解の深度」を深めていく。

一般に精緻な理論の情熱は屢々《しばしば》愚劣な行為を生むが、注意して読むと、ラスコオリニコフにあっては事情は一段と道化ている。彼を馳《か》って行為に赴かしめたものは、理論の情熱というよりも寧ろ自ら抱懐する理論に対する退屈なのだ、理論を弄《いじ》くりまわした末の疲労なのである。

（「5」四八頁）

小林秀雄の指摘するのは、ラスコーリニコフの、徹底的な「精神の《退屈》」と極限まで達した「精神の《疲労》」なのである。これで、リザヴェータの会話を偶然、小耳にはさむという、犯行の「起爆剤」の正体が明らかになる。そのスイッチの軽やかな入り方である。そして次の「地獄のような読解」がくる。

> 殺人はラスコオリニコフの悪夢の一かけらに過ぎぬ。殺人の空想と現実に行われた殺人との間に判然たるけじめをつけてみる力も興味も彼にはない。罪の意識も罰の意識も遂に彼には現れぬ。（同前）

ラスコーリニコフは「自ら手を下した事件を殆ど思い出さぬ」（同前）、「何かしら忘れてはならないことを忘れているという事を、彼は絶えず思い出していた——思い出しては苦しみ、悩み、歎息して、狂暴な憤怒《ふんぬ》か、でなければ、恐ろしく堪え難い恐怖に陥った」、と。（「5」四九頁）。しかし、重ねて言うが、これは、自分の犯した殺人を忘れて、思い出せない状態での、情動であり、激情である。そして時々、思い出し、「若しかすると、俺自身の方が殺された虱《しらみ》（佐藤注 老婆）より一層悪い、一層厭わしい奴かも知れないんだから、そして殺して了ったあとで、きっとこんな泣き言を言うだろうと、前からちゃんと予感していたんだから！　おお、この卑劣！　この陋劣《ろうれつ》！」。（同前）。傍点を付したのは、作者だと小林秀雄は注記している。そして「せめて悔恨を」（「5」五〇頁）と希《ねが》ったくらい、殺人はラスコオリニコフに何一つ実質のある心の動きを齎《もたら》さなかった、と小林秀雄は、している。バフチンの認識と一致するが、「悲劇」をとおして主人公は、「成長しない」。恐ろしい、空虚な、誰ともわかちあえない《孤独の感覚》が、この長編のとても高い音として流れていることを、小林秀雄は指摘している。これが主調音なのだ。

そして、友人のラズーミヒンだけが、ある時、「以心伝心」というか、ラスコーリニコフとの「全精神的交感」によって、ラスコーリニコフの空虚で孤独な、非人間的な精神状態を感受する。

この「全精神的な交感」は、ソーニャとの間にも、パントマイム的な動作を伴って実現する。ソーニャに対する、ラスコーリニコフの《罪の告白》である。ただ、気になることは、小林秀雄の「ソーニャの人間としての低い評価」である。小林秀雄にとっては、「家族のために体を売る」という犠牲行為は、「軽いもの」だったのであろうか。「この貧弱な、無学な、卑屈とみえるまで謙譲な一人の人間」（「5」五五頁）と、ソーニャを定義し、次の部分を引用する。

「お前も俺のように呪われた奴なんだ、お前もやっぱり踏み越えた人間なんだ、一つの生命を滅ぼした人間なんだ……」。ソオニャが果たしてそういう女だったか、果たして救われる為にラスコオリニコフと同じ罪と罰を必要とした女だったか。恐らくそうではない。少くとも作者はこれを明らかに書いてはいない。これはラスコオリニコフの強いた解釈に過ぎぬ。恐らく彼女は、もっと尋常な愛と若干の物質によって幸福になりえた女だ、彼女こそいい面の皮だが、如上の解釈がラスコオリニコフには絶対必要であったのなら、因果な女だというより仕方がない。

ソオニャの足下に俯伏《うつぶ》すラスコオリニコフは、全編中最も気の利かない見栄を切ったのであって、このソオニャとの出会いという劇的場面に於いて彼の道化乃至欺瞞はその頂点に達するのである。そこで多くの読者が、この場面に何か所謂良心の問題を或は所謂宗教の問題を容易に見つけたがる。天使の様な淫売婦は不自然だなどと書いている或る評家もこの例に漏れない。（同前）

これは、長々しい、小林秀雄の「失言」ではなかろうか。ラスコーリニコフの「無言の自白」

をソーニャは、《全身全霊》で感受する、そういったポテンシャルを持った人間性なのだ。モチューリスキーの前掲書でも「小説執筆の過程で、ソーニャ像は大きく変化している。草稿の下書きで、彼女は、思索家、議論家」で「ロシア的なイデー」（前掲書三一三頁）の持ち主だったそうだ。いずれにしろ、ドストエフスキーの熟慮の果ての人物像で、「行為と実例によって、ラスコーリニコフと闘う。彼女は議論も説法もしないが、信じ、そして愛する」（前掲書三一六頁）とモチューリスキーは記している。小林秀雄のいうような、「ラスコーリニコフの勝手に作り上げた創作」（「5」五四頁）がソーニャなのではない。モチューリスキーの前掲書にうかがえるようなドストエフスキーの時代のロシアの、厳しい宗教感覚も、小林秀雄から落ちている。「ソーニャの人物像」に関する小林秀雄の記述には、単に、資料の不足といえない面があるように思える。

また、これは「3」になるが、次のような部分はどうであろう。

ラスコオリニコフとソオニャとの会見の場には、良心の声も懺悔の言葉も聞かれなかった。あるものはただ「僕はお前に頭を下げたのではない。人類全体の苦痛の前に頭を下げたのだ」というウルトラ・エゴイストの叫びの上に演じられる悲痛な欺瞞であった。（「5」六四頁）

私は、この小林秀雄の判断にも違和感を覚える。このような判断を雑誌の編集者たちがしたのなら、掲載許可にはならなかったであろう。ラスコーリニコフの「内面」、「良心」は、《自意識のファンクション》の激しい作動で「荒廃」したということが、充分、ドストエフスキーは表現しきっており、「良心の摩滅」は説得力をもって読者に伝わって来るし、ソーニャとの《恋愛の強烈なパワー》をドストエフスキーは信じている。ドストエフスキーは《異性愛の可能性》を信頼している。だから、単純に「ウルトラ・エゴイスト」とは言い切れない。

「無言の自白」の最後の「子供らしい微笑」(「5」五八頁)で、『罪と罰』は終わった、と小林秀雄は言う。「第六篇と終章とは、半分は読者の為に書かれたのである」(同前)と。そのとおりであろう。

また、ネヴァ河の橋からの寺院の眺めの《抒情性》、コバルト色の抒情は、《ロシアの近代化》と《青年の未来と不安》の象徴であろう。ラスコーリニコフもかつては青雲の志を持った大学生であった。その当時は希望に輝いていたことであろう。同時に《近代》に対する不安や疎外感も。「壮麗なパノラマ」は、その象徴である。この《近代》に「なんとも言えぬ冷気が、彼の心へ吹き込んで来た」、「唖で聾なある精神」に充たされていた。

詳細な引用は省くが、「これがラスコオリニコフの歌」だと小林秀雄は言い、ほとんどボードレールの抒情詩の精髄を感じるという。いかにも、小林秀雄の鑑賞眼の冴えであろう。

一応、「「罪と罰」について　I」は、この「2」で完結である。「3」は、スヴィドリガイロフ論が主で、『罪と罰』の総括が掉尾をなす構成になっている。

4

スヴィドリガイロフは、「根無し草」である。近代の個人主義独特の人物像であろう。小林秀雄は、この人物を《仮面》という観点から解き明かしていく。

> 享楽家スヴィドゥリガイロフ、毒害を享楽し、暴行を享楽し、幽霊を、懺悔を、同情を、愛を、自殺を享楽する男。而も享楽に関する執拗な自意識が、享楽の陶酔を全く許さぬ男。限界のない獣性が繊巧にまで達した様な男、こういう男の顔が仮面に似ずしてどんな生き物に似ていようか。限界のない享楽は仮面と結ぶ、虚無と結ぶ。ドストエフスキイの著想中に於ける享楽という言葉は言わばこの世の意味を消失しているのである。
>
> （「5」六四頁）

みごとなスヴィドリガイロフ像の把握であり、さすがに小林秀雄である。スヴィドリガイロフの内面に抱え込まれた自意識と、自意識の解剖による《虚無》は、ラスコーリニコフと共有されている。この二人は、作者の創作ノートの上に、双子のように生まれてきた形跡がある。「僕はただ無暗《むやみ》に悲しいんだ、女の様に悲しいんだ、実際だよ」（「5」五三頁）というラスコーリニコフの言葉は、そのまま、スヴィドリガイロフにもあてはまると、小林秀雄は見る。《虚無》は、『地下室の手記』にも通じているだろう。

そんなスヴィドリガイロフに自分の《仮面》を試す時が来る。『罪と罰』でも、なかなか読ませどころで、ラスコーリニコフの妹のドーニャが、三発の弾丸を込めたピストルで、スヴィドリガイロフを狙う場面である。一発目は当たらない、二発目は不発である。ドーニャはスヴィドリガイロフに乱暴されかかっているのだが、三発目を待っているというスヴィドリガイロフの言葉にもかかわらず、ドーニャはピストルを捨てる。

「『捨てたな！』と吃驚《びっくり》したようにスヴィドゥリガイロフは言って、ほっと深い息を吐いた。と、どうしたのか、彼は何かが一度に心から取り去られたような気がした。そして若しかするとそれは、単なる死の恐怖の重苦しさばかりではなかったかも知れない——然り、この瞬間には彼がそれを感じていたかどうかすら疑問なくらいである。それは、もっと別の、それ以上に悲しく、陰惨な感情からのがれた思いであった。この感情は、恐らく彼自身にも、どう考えても何んとも決定しようのないものであった」（第六篇、第五章）　（「5」六五頁〜六六頁）

「死の恐怖よりも悲しい陰惨な感情」（同前）を明らかに理解しているのは作者だけだと、小林秀雄は言う。「仮面はついに真実であった」。（同前）。「自殺とはもはや正体は見当のついている彼に残された一つの享楽に過ぎぬのである」。（同前）

スヴィドゥリガイロフの感じた死の恐怖とは、作者のこの人物創造の理論上では、仮面が奇蹟によって壊れるかもしれぬという期待に他ならない。　（「5」六七頁）

ここまで来る記述には、意味の取りがたいところが散見するが、結論は、これである。第六篇、第六章の「遊園地」のスヴィドリガイロフを引用しながら、小林秀雄は「生活の根拠を見失い」という言葉を吐いている。やはり、《近代》の抱える「虚無」なのだ。「故郷を失った精神」なのだ。

これで、小林秀雄のスヴィドリガイロフ論は終わる。

しかし、私は、不満である。なんで、小林秀雄は「男性の登場人物」にしか、関心を示さないのであろうか。スヴィドリガイロフに強姦されそうになって、ピストルを発射しようとする、ドーニャの美しさは「凄まじいばかりのオーラ」に輝いている。風俗小説的な、肉体的実在感は消えて、「透明な全身の輪郭の光の発散のエネルギー」である。ドストエフスキー独特の女性美の存在感である。ドーニャの美しい顔や身体が、「精神的な光輝」に霊的な波動を発散してまぶしい。小林秀雄は鈍感なのであろうか、と疑いたくなる。

「3」に残されたのは、結語である。

「罪と罰」とはどこにも罪は犯されていない、誰にも罰は当たっていない。罪と罰とは作者の取り扱った問題というよりも、この長編の結末に提出されている大きな疑問である。罪とは何か、罰とは何か、と。この小説で作者が心を傾けて実現してみせてくれているものは、人間の孤独というものだ。

（「5」六八頁）

この「孤独」から「憂愁」が生まれる。「彼にとって孤独とは「唖で聾なある精神」だ。」（「5」

七〇頁）と小林秀雄は言う。「彼は孤独の化身なのである。」（「5」六九頁）。

「十九世紀の人間は性格のない個性でなければならぬ」という洞見は、ラスコオリニコフに於いて比類なく肉体化されて現れた。彼の性格を解剖する事くらい無意味なわざはない。彼の性格は自己解剖によってこの作の冒頭で既に紛失していた筈だ。（同前）

小林秀雄の終生こだわった《孤独》の問題が、主調音として鳴り響いている。しかし、小林秀雄は《近代における》、あるいは、《資本主義社会における》とは、限定することなく、あらゆる素材に《孤独》を読み取った。源実朝にも、モーツァルトにも、洋の東西にまったく関係なく、《超時代的「孤独」》を直感し、思考し、抒情した。これは、小林秀雄文学の大きな特色と言わねばならない。

第七章　一九三四年の間奏曲

1

一九三四年（昭和九年）という年は、小林秀雄にさまざまな文学的萌芽がかたちをとりだした年であった。既述のレオ・シェストフは、さらに尾を引いていくし、「『罪と罰』について　Ⅰ」を始めとするドストエフスキーの作品論への取り組み、それらは激動する日本文壇の中で行われたことであった。俗にいう「文芸復興」の時期である。「文学界の混乱」（『文藝春秋』一月）で、小林秀雄は「文芸復興」という呼称にかんしゃくを起こしている。

要らざる幽霊をでっち上げるな、と言うのだ。同情するにせよ、軽蔑するにせよ、何故に二三の文芸雑誌が増加したという平凡な事実から、その事実からのみものを言わぬ。弥次馬のこしらえた幽霊を分析して、枯尾花《かれおばな》を見せてくれたり、「非常時」を見せてくれたりして一体誰が感心する。
（「5」九頁）

「批評家」の根性にかみつくのは良いとしても、この文脈で、「非常時」を使うのは《政治感覚の麻痺》のような気がする。笑えない。

アリストテレスの『詩学』から始めて、「浪漫主義思想が古典的批評精神を掻《か》き乱したという事は、わが国の文学批評史には何等深い意味を持ってはいなかった。」（「5」一五頁）としているが、小林秀雄の導入したボードレールの「印象批評の方法」は、明らかにわが国に「浪漫主義思想」が流入した証拠たりえている。古典的批評を相対化したのは、近代的な個我による主観的な「印象批評」であったからである。近代社会の個性と人間性の解放の運動が原動力である。小林秀雄はボードレールの自意識と批評精神には言及していないが、「突然極端に科学的な批評方法が導入された。」（同前）。マルクスの思想によるものである。

君の批評はブルジョア自由主義の批評でいかんと言う、処が非難される方では自由主義文学批評など一度もやった覚えはないから、してみると自分の批評は自由主義の批評かなと、いっそ自惚《うぬぼ》れて了うという様な各所に演じられた複雑な滑稽は、このわが国独特の事情というものから解釈しなければ説明がつかぬのである。（同前）

小林秀雄は、この「混乱の実相」に徹したいと覚悟している。この混乱をきっかけとして、近代日本の初めて出会った、「批評は何故困難であるか」を追究したいという覚悟である。この混乱を「常に生きたものとして身内に感じていたい」、できることなら「体得」したものとして自由自在にしたいと語っている。（以上、「5」一六頁）。危惧としては、マルクスを持ち出すのはよいとしても、小林秀雄の決定的な《政治感覚の欠如》である。

また、「私小説」の問題に移って、先祖はルソーの『告白』であるとして、「語られている不幸は英雄の不幸ではない、凡人の不幸である。」として小林秀雄は断言して話をすすめるのだが、私にはついていけない。ルソーの『告白』を読むと、《天才の自伝》であって、決して、近松秋江や宇野浩二並みの人間とは、とうてい思えないからだ。小林秀雄が「社会が自分にとって問題ならば、自分という男は社会にとって問題であるはずだ、と信じられたがためである。」（「5」一九頁）と説明するけれども、ほんとうの「凡人」の書いた自伝では、相手にもされないだろう。

その仕事の世界に、実生活には到底うかがえない様な深さが表現されているという様な作家が、今日日本に幾人いるであろうか。（「5」二一一頁）

このような、「私小説」の記述からすると、作家は、相当、立派な「人格者」でなければならない。とうてい「凡人」のできることではない。

作品は面白いが作者に会ってみると一向面白くもない人間だ、という様な低級な場合は論外だ。（同前）

このような記述からすると、「私小説作家人格主義」が、ルソーの場合も当然のこととして「前提」にあったことになる。

それはともかく、小林秀雄は、私小説家をふくむ先輩作家たちを冷たい眼で見るわけではないが、その文学的方向には自分は向かわないと言っている。そして、マルクス主義文学は信じてはいないけれども、社会小説制作の野心を信じ、自分を捨てて他人のために書くという情熱を信じる、と言っている。また、いわゆる芸術派、心理主義文学も理知主義文学も信じていないが、彼らが、新しい文学の国を築く野心に駆られていることを信じる、と言い、「私小説は今二つの方向から破れようとしているのだ。」と断言し、ただし、すべては萌芽の状態にあり、出来上がったものは一つもないとしている。（以上、「5」二二頁）。

そして「僕は今ドストエフスキイの全作を読みかえそうと思っている。」と宣言している。そして、翌二月には、「「罪と罰」について　I」の第一回目の作品論が発表されたのであった。また、繰り返しになるが、その稿はレオ・シェストフの『悲劇の哲学』から起稿されていたのだった。同じく二月には、『文藝春秋』に「新年号創作読後感」という、苦しんでいる純文学への、熱烈な励ましの作品評を寄せ、純文学に寄り添う姿勢を見せている。

純文学が次第に大衆の心を離れ、社会の動きから遠ざかり、己れの世間をせばめて行く。これは近頃識者共通の意見の様である。（「5」七八頁）

この「新年号創作読後感」は激しい情熱を感じさせる批評である。ドストエフスキーの作品論は、続き、九月には、『文藝』に「「白痴」について　I」の発表が始まる。「「紋章」と「風雨強かるべし」とを読む」が、これには、前にも少しふれたが、一〇月の『改造』に載る。大車輪の活躍というべきであろう。

2

さて、まず、「「白痴」について I」はおいておいて、「「紋章」と「風雨強かるべし」とを読む」は、重要な批評なので、じっくり読まねばならない。レオ・シェストフは、小林秀雄自身にも自覚されていたように、評価としては、三流の文学的哲学者であろう。しかし、小林秀雄のシェストフへのこだわりは普通ではないものを感じさせる。時には、いわば怨敵、仇敵と対決するように、しつこく論難しにかかる。

まあ、ここでは穏やかな共感をもって語っているが。

西欧の小説が衰弱しはじめた時ロシヤの小説がひとりあの様な輝かしい頂に達したのは、文芸復興も知らず、宗教改革も知らずに来たその文化の若さの力による事は疑えない。振り返ってみても頼るべき文化の伝統らしい伝統はみあたらず、西欧の思想を手当たり次第に貪《むさぼ》るより他に進む道はない、而も既に爛熟し専門化した輸入思想を受けとってもこれを託すべき専門家が見つからぬから、何んでも彼でも自分一人でこれと戦わなければならぬ。そういう状態なのだ、彼等がああいう見事な文学を作り上げたのは。恐らくこれはシェストフの場合でもあまり変わらなかったろうと思う、彼も亦哲学の伝統のない場所で生き生きと哲学を考えた一人なのだ。僕は彼のそういう処に一番惹《ひ》かれるのである。彼の論理は結局の処は単純だろうし、又曖昧でもあるだろう。然し、彼の哲学の生とか死とか善とか悪とかいう概念は実に殆ど子供の使う言葉のように大胆で純粋なのである。トルストイやドストエフスキイの小説に文学以前の荒々しい情熱が感じられる様に、僕はシェストフの論文から哲学以前の息吹を感ずる。(中略)彼の教養には専門化を知らぬ野性がある。彼は悲劇主義者でもなければ、不安の宣伝家でもない。ただ当時の社会不安のなかに大胆に身を横たえた一人の男なのだ。　(「5」一二二頁)

これだけロシアの歴史を調べたのは、ドストエフスキーの批評研究のためであろうが、シェストフに「ダンディズム」を小林秀雄は見ている。今日から見ると、シェストフの評価は、明らかに「過褒」、褒めすぎで、とうていトルストイやドストエフスキーと同日の論ではないが、小林秀雄は《身を横たえる》という時代社会への身の挺し方に「羨望の眼差し」をそそいでいるように、感じられる。これだけの引用からだけでも近世の日本の文化的蓄積を思うと、どれだけロシアが急激な近代化の必要を迫られたかがわかる。

だが身を横たえるという事は、どんなに難しい事だろう。誰が何んといおうが一番大きな一番強い生活の不安の上に、不安がなければインテリ面が出来ない態の様々な段階の不安がある、その上に不安の哲学が知りたいみたいな不安がある、又その上に色々な信念がお互いに喧嘩している。そういう処へごろりと横になるという事は。

（「5」一二三頁）

やはり、小林秀雄は《文学的なダンディズム》、《美学》をシェストフに見出している。これが、執拗なまでのレオ・シェストフへの小林秀雄のこだわりの正体であろう。「身を横たえる」という表現は、ドストエフスキー論の重要な言葉でもある。この《文学的なダンディズム》への強烈な羨望は、次の言葉からもうかがえる。

「紋章」を読み、「風雨強かるべし」を読んで、この身を横たえる事の難しさ、つらさが第一に心に来た。

（同前）

3

小林秀雄は、これからは純文学作家も「長篇」を書かなければ、道は開けないという。今まで、「短篇」で間に合ってきたのは、「思想性の欠如」だったからだという。

マルクス主義文学が社会小説というものの明瞭な概念をもたらしたとともに、自己究明の文学、心理模索の文学、すなわち末期ブルジョア文学中の少数の天才の手によって成し遂げられた、十九世紀リアリズムに対する荒々しい反抗文学が、個人小説というものの明瞭な概念を教えた。

（「5」二二四頁）

ここにわが国の文学の混乱は起こった。プロレタリア作家の大部分は若い知識階級人であり、文学の中に突然、入りこんできた《思想》というものの扱い方で惑乱したのである。「人間のうちに思想が生き死にする光景は、僕等にとって充分に新しい驚くべき光景」（「5」二二五頁）であった。マルクスの思想によって現実を眺めることはできたが、「その思想に憑かれた青年等の演ずる姿態の生ま生ましさが、自分の事にせよ他人の事にせよ、ほんとうに作家の心眼に映るのには時間を要したのである。」（「5」二二六頁）そして「思想を抱いた或は思想を強いられた」（同前）若い知識人は、自分自身の顔の表情には、どうしようもなく鈍感であった。（だが、小林秀雄の「思想」の概念からは、「政治的現実」が捨象されている気がする。あくまでも文学作品上の「思想」である）。

これは、まるで小林秀雄のドストエフスキーが、同時代状況に、文学的に「二重映し」になっている言説としか、受け取れない。「左翼の作家も右翼の作家も等しく衝《つ》きあたっている問題は、思想上の干渉を受けた人間の情熱というわが国の文学に開かれた一つの新しいリアリティの問題である。」（同前）として、過去の《本格小説と心境小説》というプロブレマチックを揚棄してしまい、「純文学は長篇を必要とする」というテーゼに収斂させてしまうのである。「短篇」の無思想性の排除である。もはや、自然主義文学の信じた「個人」とか、「性格」などは信じられない。しかしながら、あるいはまた、豊島与志雄の言うように、「人物評論の対象として」論じるに足るような「登場人物」（「5」二二八頁）が「長篇」の小説に登場することなども重要であろう、とする。これは、ドストエフスキーの『悪霊』などの主人公スタヴローギンなどを連想しているのであろうか、とも思われる。

横光利一も広津和郎も、古い作家で、美しい「短篇」からキャリアをはじめた作家であるが、この二作家の「長篇」の創作の苦闘には、敬意を払う、として「「紋章」と「風雨強かるべし」とを読む」という批評は結ばれる。

4

同じ一九三四年一〇月、『東京日日新聞』に、「文芸月評 Ⅳ」が掲載されている。窪川鶴次郎の作品にからめて、「転向派作品」を論じている。小林秀雄は「転向」の問題について、常識以上のことは言えない、としている。

第一にこの問題を精到に論ずる教養というものが不足している。第二に論ずる当の相手に一体何んの理論らしいものがあるか。結局論ずるものも論じられるものも、一応はわかりやすい理窟をわが身につけてみるが、本当のところは得体《えたい》の知れぬものだ、いずれ底の方でぶつかるものは同じように気味の悪い当代インテリゲンチャの顔なのだ。転向作家が得体の知れない作品を書き、批評家が得体のしれない議論をしているうちに、人々は転向という言葉に飽き飽きして来るだろう。不安々々といっているうちに不安に飽き飽きするように。（「5」一三五頁）

小林秀雄は「転向」の問題を、「文壇の流行現象」のひとつとしか、考えていない。「飽きられる流行問題」なのだ。

誰の眼にも見易いことだが、今日の転向問題は、実をいえばまともな転向問題ではない、むしろ転向不可能問題である。態度の曖昧が作家にとってせめてもの良心だというような滑稽にしてかつ不幸な問題である。（同前）

「不幸な問題」とはいうものの、国家権力の弾圧に屈せざるを得なかった文学者を「滑稽」呼ばわりするのは、どこか小林秀雄の感覚は奇妙ではないか。引用を続けてみよう。

即ち今日のインテリゲンチャの問題が最も露骨な表現をとったもので、これを男子変節問題に還

元するとは徒《いたず》らに問題を滑稽化するおそれがあるのだ。（同前）

こういう文章を読むと、小林秀雄にとって「思想」とは、いったい何だったのだろうという気がしてくる。さらに、文章は続く。

若干の作家が転向しようがしまいがプロレタリヤの苦痛に何んの影響がある。インテリゲンチャの苦痛に何んの変化が起るか。とまではいわなくても、確かなことは、人々は決して作家批評家等のやがて飽き飽きするような文壇的転向論なぞ欲しがっているものではないということだ。（同前）

やや、異常かと、思われる。ここまで来ても、やはり、「文学狂」なのだ、小林秀雄は。まだ、このパラグラフは続いて、次の文が書かれて、段落は改行される。

人々はただ事件にぶつかった人間の告白だけが聞きたいのである。（「5」一二三六頁）

国家権力の弾圧と、現実の政治は、どうでもいい。ただ「事件にぶつかった人間の告白」＝「表現としての文学」のみが価値がある、というのである。そして、まるで、「説教」するかのようにダメ押しする。

こういう主観的な告白小説を書きつつ、作者は、かつて実行の手段に過ぎぬなぞと考えていた文学というものを、今はなんと切端《せっぱ》つまった自分の心を掛ける唯一のものとして頼らねばならなくなっているかについて積極的に反省すべきである。（同前）

以上が、窪川鶴次郎がらみの作品評である。中野重治などが、もし、この作品評を読んでいたら激怒したことは、間違いはない。

あらためて、吉田凞生氏の認識の正しさを実感する。小林秀雄は、政治的にも、社会的にも《真空》である。存在するのは、「表現としての《文学》」のみである。

第八章　創造批評へ向かって

1

一九三五年一月、『行動』に「文芸時評に就いて」を小林秀雄は書いている。こういう切り出しである。

文芸時評というものが近頃書き難くってたまらぬ。一と口でひらったく言えば飽きたのである。いつまで経っても文芸時評の形式に変化がない。習慣、惰性というものは恐ろしいものである。誰も改良しようとする者がない。

（「6」九五頁）

文芸批評界へ対する憤懣をぶちまけている。とうとう、堪忍袋の緒が切れたのである。そして、自分の文芸時評家としての経験を語りつつ、「職業の秘密」があるとする。

リアリズムの問題、リベラリズムの問題、転向の問題、なんとあわただしく、軽薄な文壇か、などと言っても始まらぬ。（「6」九六頁）

「あわただしく軽薄であるから無意味だという理窟も成り立たぬ」と、「転向の問題」まで十把一絡げ、一緒くたにして、「職業の秘密」（同前）を堂々と論じる小林秀雄が、ここにいる。「転向の問題」が、「軽薄」の一言でかたずけられては、たまったものではない。プロレタリア作家たちが流した血と汗を小林秀雄は「黙殺」する。そして、ひたすら「文学」に走る。いわば、「表現としての文学」しか問題ではない。

今日文学を論ずるのは困難だ。何故か。今日の文学がやくざだからである。批評の混乱は、批評する材料の混乱を意味する。（「6」九七頁）

谷崎潤一郎の『春琴抄』、横光利一の『紋章』、林房雄の『青年』などが次々に、例に挙げられる。もちろん、肯定的なものもある。しかし、ふたたび繰り返す。

文学的リアリティを与えられない批評家等は混乱するなと言っても混乱する。
（「6」一〇一頁）

そして、広津和郎の『風雨強かるべし』の批判に及ぶ。

作家の努めるところは文学の社会化ではない。社会性を明瞭な文学的リアリティに改変する事だ。（中略）力及ばず止むなく社会化した文学作品を制作しているうちに、自分は結構社会性を文学化しているという錯覚に落入るものだ。
（「6」一〇三頁）

小林秀雄の論じるところ、微妙なようであるが、要するに「文学の社会化」とは、俗世間の一般大衆でもわかるように、「文学を通俗化、解説的にわかりやすくすること」である。「社会性を明瞭な文学的リアリティに改変」するのは、純粋な芸術小説であり、純文学である。

さらに微妙な例として、次のようにも言っている。

企図は強烈だがリアリティの弱い「紋章」と、様々の批判に堪え得ないにしても、リアリティだけは厭《いや》になるほど濃密な「ひかげの花」と、どちらが生き長らえるか疑問に属する。

（「6」一〇五頁）

「ひかげの花」は、永井荷風が前年の八月に『中央公論』に発表した小説である。こちらが生き長らえることになったのである。こののち、実質的に、小林秀雄は横光利一からはなれていく。そして、言い放つ。

今日の文芸時評は作品が生き長らえるか長らえないかを思案する場所ではない。

（同前）

昔は、そんな時代もあったが、今は、そんな贅沢をいえる時代ではない。「身のうちに溜まる疲労物質」の処理をどうするかが、未来を開くと、小林秀雄は言いたいのである。「創造批評」への「転換」である。はっきり、そうとは言ってないが、そうであろう。「文芸時評」というルーティンの形式を克服しない限り、「批評文学」には未来がない。次のように「文芸時評」という形式の二律背反を断定する。

文芸時評というものがなかったら今日の批評家等は食うに困るのだ。而もこの発表形式は批評家がその野心を実現するのに最も不便な形式なのだ。（同前）

この一九三五年一月に『文學界』に『ドストエフスキイの生活』の連載が始められていたのである。「創造批評」の実践であった。

2

同じ一月に『東京朝日新聞』の「文芸月評Ⅵ」に、

例えば、「非常時はおまけ」「転向はおまけ」「インテリはおまけ」等々。（「6」一〇八頁）

と、「笑えない、噴飯もののギャグ」を飛ばしているが、三月の『改造』に「再び文芸時評に就いて」を書いている。一月の「文芸時評に就いて」の反響に答えたものである。

若し作家が彼の思想を人に訊ねられたら、その作品を示すだろう。では批評家がその思想を示せと言われたらその批評的作品を示すべきではないか。（中略）若し作家に現実を眺めて、人間典型を自在に夢みる事が許されているなら、批評家も文学を検討して自由に作家の人間像を夢みていい筈だ。作家の旺盛な制作力が自然の模倣を越える様に、豊富な批評精神は可能性の世界に働いていい筈だ。

（「6」一三七頁）

僕がドストエフスキイの長篇評論を企図したのは、文芸時評を軽蔑した為でもなければ、その煩に堪えかねて、古典の研究にいそしむという様なしゃれた余裕からでもない。作家が人間典型を創造する様に、僕もこの作家の像を手ずから創り上げたくてたまらなくなったからだ。

（「6」一三八頁）

僕は今はじめて批評文に於いて、ものを創り出す喜びを感じているのである。

（「6」一三九頁）

「批評活動に創造の喜び」が是非とも必要だという、小林秀雄の「創造批評宣言」であった。ここに「印象批評」から出発して、スケールの大きい「創造批評」への道が開かれたのであった。「文芸時評」ばかりやっているうちに、たまりにたまった「疲労物質」を取り除いて、すがすがしい批評文学の世界への羽ばたきであった。小林秀雄は鳥が初めて《飛び方》を習得したような気持であったろう。批評文学の大空は果てしなく広がっている。

3

「私小説論」（『経済往来』一九三五年五月〜）は、小林秀雄の代表作と見なされてきた。しかし、ここまでの考察で、「社会化した私」の《社会》が筆者には信じられないし、既述したように、私小説を克服するのには、四〇年もかかるというし、結論らしい結論もない批評作品なので、「私小説論」はパスさせてもらう。

さて、一九三五年一二月の『文藝』に「「地下室の手記」と「永遠の良人」」という、未完のために実質的に『地下室の手記』論という作品論が掲載されている。小林秀雄は、ここでシェストフのあざとい、欺瞞に満ちた論証を逐一暴いているが、それにはあまりかかわらず、小林秀雄の「読み」に集中したい。この作品は、「1」、「2」、「3」からなるが、一九三五年一二月号、翌年二月号、四月号に連載され、『永遠の良人』には冒頭でふれただけで未完となり、本格的な言及はない。

『地下室の手記』は《自意識のファンクション》を実験的に、単体で、極限まで引っぱっていった作品である。小林秀雄の論の「1」は、シェストフの「手の込んだ詐術《さじゅつ》」(「6」二四四頁)を暴くのに費やされている。「2」には、こういう記述がある。

作者は、独白体によって或る人間を描いてみたのでもなければ、或る思想を表現するのに独白体を使用してみたのでもない。まさしく地下室の男とは独白というもの以外に、この世で何一つ出来るものがなくなって了った男なのである。(「6」二四六頁)

人間の性格とは何か。性格とは心理ではない寧《むし》ろ行為である。或る人が或る性格を持っている事を保証してくれる唯一のものは、その人がどういう行為をするかという事だ。性格とは行為の仮面に他ならない。
（「6」二四七頁）

こう小林秀雄は論を進めるが、「地下室の男」は、行為を奪われていることを忘れてはならない。この「行為を奪われる」というところがポイントである。行為を奪われた人間は、あるいは、ラスコーリニコフのように「お喋り」を覚える。《独白の自動化作用》であり、《自意識のファンクション》である。「行為」を喪失した人間は、自己を「社会的に表現」することができない。結局、「性格の喪失」である。

そして社会生活とは、社会的訓練、社会的教化、社会的習慣、何んと呼ばれようとも、要は、意識的なものを無意識的なものに化そうと働く、あの巨大なメカニズムの仮面ではあるまいか。
（同前）

これは、ミシェル・フーコーの社会体制による《調教＝教育》のテーマである。《体制による「洗脳＝教育」》である。一般に、学校教育は《良い洗脳》である。近代国家による義務教育は、《教室》

という「一望監視システム」によって、知識や「道徳」を《洗脳》的に植え付けることによって、国家社会という共同体に《従順な人間》を「生産」する。皮肉な言い方をすれば、「卒業証書」はその人間の《品質保証》であるし、「社会に役に立つ」《商品》としてみれば、《製造番号》である。《商品》としての《労働力》である。このようにして社会的な教養技術と同時に植え付けられた《社会規範》は、その人間に《内面化》され、倫理観、「善悪の意識」が、《無意識》に作動するようになる。秩序を乱さない人間が大量生産される。こうして《内面化》されたものが、何かのはずみで《自意識のファンクション》が激しく内面に内向して、ドリルのように《意識＝無意識》を乱脈に破壊しだし、「はみだす人間」を自生させる。これが、「地下室の人間」である。あるいは、現代の《引きこもり》である。これが、小林秀雄のいう、「巨大なメカニスム」である。

この様な時、誰が自意識の座を守って、その無意識化、行為化に反抗するか。（中略）誰も、性格を紛失して了うほどの、自意識の眩暈を持ちこたえてみようとはしない、常識の名に於いて、社会から追放される事を恐れるからだ。

（同前）

「自意識を狂気のふちまで炎上させる」と、どうなるのか。

世の約束を無視して、最大限度に、自意識を燃え上がらせてみる事。「俺だけが一人だ。他の奴等はみんな一緒だ」、地下室の男は、万人が支持し尊敬するものに向って舌を出す。

（同前）

これが、小林秀雄の批評の「2」である。この「絶望的な孤立」、《孤独》には、今日の《引きこもり》のような、インターネットによるつながりなど、もちろん、期待できない。

「3」は、こう始まる。

成る程、「地下室の手記」は、地上に栄えるあらゆる思想に対する抗議書だ、この病人は、正常な人間というものに我慢がならない、彼の意識は、意識一般に挑戦する。（「6」二四八頁）

自分が「正常」を保てないでいる「病人」は、「正常な人間」の安逸が、健康さが、我慢ならない。烈しい憎しみを覚える。しかし、自信がなく、無力なのである。「筆は一本なり、箸は二本なり。衆寡、敵せずと知るべし」（斎藤緑雨）どころではなく、全世界に対する敵対なのである。《引きこもり》の側からすれば、全世界が「敵」になる。ある生徒が、不幸にも「教室」になじめなくなると、「教室の全員」が「敵」であると錯覚するように、である。

彼は言う。「自意識の旺盛な人間が、多少なりとも自己を尊敬出来るものだろうか。己れの卑《いや》しさのうちにさえ、敢えて快楽を求めようとする人間が、実際、多少なりとも自己を尊敬出来ようか」。

（「6」二四九頁）

小林秀雄は、背面から、すなわち「行動」から今度は攻める。

行為は、意識の自由な活動を限定して、これを貧しくする。貧しくされた意識は、行為の動機を容易に発見する。不徹底な意識と習慣的行為とが、社会生活というものの主要な保証人となっている限り、過剰な自意識が、遂に、「畢竟何もしないでいるに越した事はない、意識的怠惰が何よりいいのだ」という様な言葉を吐かせる様な人間は、当然地下室の住人だ。だが、この人物は何故に、尋常な人間等に毒舌を浴びせ乍ら、ひそかに彼等の幸福を羨望《せんぼう》し、堪え難い屈辱感を反芻《はんすう》するか。

（「6」二四九頁）

このように問いかけつつ、小林秀雄は、ある結論に達する。

この作品の提出する最大の問題は、惟うに、主人公の世の合理性に対する、法則に対する、良識に対する、反抗者たる姿にあるよりは、寧ろ彼の奇怪な自己嫌悪の情と屈辱感とにあるのだと僕は考える。（同前）

結局、「奇怪な自己嫌悪と屈辱感」への膠着だと結論する。そして、小林秀雄は、前進する。

「何もしないに越した事はない」とは明らかに、極限まで自意識の可能性を追求してみたものの結論だが、それならそういう結論に不安を感ずるとは何んの意味か。一般の実行家等は、明らかに馬鹿である。併し、自分が聡明である所以は、生涯何一つ出来ない、或は何一つ為ようとは欲しないことにあるとすれば、聡明な人間とは廿日鼠に過ぎぬ。では、過熱した自意識の運動とは、人間を廿日鼠にする、一種の力に過ぎないか、自由な精神への渇望が精神の束縛を羨望するに終わるとは、動かし難い人間精神の法則なのか。併し法則と妥協するくらいなら

廿日鼠でいた方がましだ。（「6」二五〇頁）

ここに小林秀雄は、ドストエフスキーの「強い作家の手」（同前）を感じ取る。そして、この「逆説的な絶望」は、不思議なことに、《逸楽》を発見する。最も驚くべきことは、「この「手記」の観念的焦燥が、歯痛の如き生理的な痛みに化している」（「6」二五一頁）点である、とする。

私には、正常な社会生活に楽々と順応できる、言い換えれば、資本主義社会の「ひとつの歯車」たることに何の疑問も持たない人間と、社会の共同体の「ひとつの歯車」であることを懐疑する精神の問題であると見える。しかし、この「社会の巨大なシステム」の一部であることを《懐疑》することは、《行為》を不可能にするジレンマ、《二律背反の軋み》を生じさせ、それが、マゾヒズム的な《逸楽》を感じるまでにいたったように思われる。

小林秀雄の指摘するドストエフスキーの炯眼とは「不断の歯痛」が快楽に変わるという、「主人公の知性が生理に通じ心理が感受性に通ずる」（同前）ということを見守る「作者の炯眼《けいがん》」（同前）である。

ここでも《孤独》という、小林秀雄の主調音が響きわたる。ドストエフスキーの「小説には主人公が必要だ、併し、ここでは主人公とは正反対なもののあらゆる性格が、意識して寄せ集められている」（「6」二五二頁）という、いわゆる、《アンチ・ヒーロー》のことわりがきがある。そして、「仇敵《きゅうてき》はいないが苦痛は存在しているという意識が諸君に現れる事になる」（「6」二五三頁）という始末になる。しかし、「仇敵」は資本主義社会であるし、社会的な共同体であり、そこで人間を意に染まぬ《商品としての労働力》と化して「巨大な社会のメカニスム」の構成員＝仲間として歓迎するという「近代社会のシステム」である。《自意識のファンクション》をドストエフスキーが、極限にまで推し進めた結果である。

ここに、意識の過剰による性格破産者という近代ブルジョア小説家が好んで扱う題材を抱いて、ドストエフスキイが、全く違った道を歩いた所以のものがある。（同前）

これは、小林秀雄の「以前のドストエフスキー認識」を超えている。小林秀雄は《壁》を破り、「性格破産者論」を揚棄して、《新しいドストエフスキー像》に到達している。初めは、「性格破産者」問題から、ドストエフスキーに近づいて行ったのが、小林秀雄のスタンスだった。ここで、「ポー＝ボードレールの自意識問題」から、脱皮したと言ってよい。

彼の意識には枠がない。枠のなかで観念や心理像が運動する光景は、「手記」の何処にも描かれてはいない。読者に明瞭なものは、意識の流れに関する見取図ではない、寧ろ意識の流れる音である。
（「6」二五四頁）

小林秀雄の論は、まだ続くが、ここいらで終わりにしよう。《自意識のファンクション》は、どうどうと流れる流水の響きと化している。「地下室の人間」は、体制から逸脱して、その「苦痛」から来る《逸楽》を「身体的快楽」に変成させたのである。

主要参考文献

〈テキスト〉

『小林秀雄全作品』全二八巻 別巻四巻　新潮社　二〇〇二年一〇月〜二〇〇五年五月

平野謙 編者代表『現代日本文学論争史 下巻』　未来社　一九五六年七月

〈文献〉

河上徹太郎『わが小林秀雄』　昭和出版　一九七八年六月

中村光夫『《論考》小林秀雄』　筑摩書房　一九七七年一月

本多秋五『第三版 転向文学論』　未来社　一九七二年一一月

江藤淳『小林秀雄』　講談社文芸文庫　二〇〇二年八月

吉本隆明『マチウ書試論・転向論』　講談社文芸文庫　一九九〇年一〇月

吉田凞生『近代文学鑑賞講座　第十七巻　小林秀雄』角川書店　一九六六年一二月
清水孝純『鑑賞　日本現代文学　第十六巻　小林秀雄』角川書店　一九八一年一二月
平野謙『昭和文学史』筑摩書房　一九六三年一二月
関谷一郎『小林秀雄への試み――〈関係〉の飢えをめぐって』洋々社　一九九四年一〇月
細谷博『小林秀雄――人と作品』勉誠出版　二〇〇五年三月
『小林秀雄　日本文學研究資料叢書』有精堂出版　一九七七年六月
山城むつみ『小林秀雄とその戦争の時『ドストエフスキイの文学』の空白』新潮社　二〇一四年七月
江川卓『謎とき『罪と罰』』新潮社　一九八六年二月
コンスタンチン・モチューリスキー　松下裕・松下恭子訳『評伝ドストエフスキー』筑摩書房　二〇〇〇年五月
ミハイル・バフチン　桑野隆訳『ドストエフスキーの創作の問題』平凡社ライブラリー　二〇一三年三月
ミハイル・バフチン　望月哲男・鈴木淳一訳『ドストエフスキーの詩学』ちくま学芸文庫　一九九五年三月
山城むつみ『ドストエフスキー』講談社　二〇一〇年一一月

ミシェル・フーコー　田村俶訳『監獄の誕生――監視と処罰』新潮社　一九七七年九月
カール・マルクス 今村仁司・三島憲一・鈴木直訳『マルクス・コレクション Ⅳ 資本論 第一巻（上）』筑摩書房　二〇〇五年一月
カール・マルクス 今村仁司・三島憲一・鈴木直訳『マルクス・コレクション Ⅴ 資本論 第一巻（下）』筑摩書房　二〇〇五年一月
柄谷行人『トランス・クリティーク――カントとマルクス』岩波現代文庫　二〇一〇年一月
徳善義和『ルター――ことばに生きた改革者』岩波新書　二〇一二年六月
小林多喜二・曾根博義『老いた体操教師・瀧子其他 小林多喜二初期作品集』講談社文芸文庫　二〇〇七年一〇月
日高昭二『文学テクストの領分　都市・資本・映像』白地社　一九九五年五月

以上、直接引用した文献を中心に掲載した。小林秀雄に関する批評研究は非常に多く、筆者も多大な先学の恩恵に浴しているが、より詳細な文献一覧は細谷博氏の前掲書などを参照されたい。

あとがき

中野重治はドストエフスキーを「右翼」だと知りつつ、多くの「文学的なもの」を学ぼうとした。私も、戦後民主主義の立場に立ちながら、「戦前の小林秀雄の文学」を批判的に学びたい。ニュートラルな視点で、小林秀雄に対する「敬愛の念」を失わずに、批評すること。小林秀雄の「文学に対する情熱」を私自身の情熱とすること。親友と長く付き合うようにして、初めて見えてくるものがあるように、今回は、小林秀雄の文学が見えてきたような気がする。以前は、何気なく読み過ごしていた文章に、ひっかかりのようなものを感じることも多かった。

ただ幸運なことには、小林秀雄は右翼の「広告塔」たりえるほどの有名人ではあったが、まともな政治感覚が欠けていて、戦時体制にとってさえ不都合な発言までしてしまう人で、「広告塔」たりえなかった。有精堂の日本文學研究資料叢書『小林秀雄』（一九七七年六月）所収の論文「「戦争下の抵抗文学」ノート」で杉野要吉氏は、河上徹太郎「有愁日記」（『新潮』一九六九年一二月）の証言をもとに、太平洋戦争開戦の感想さえ、当局には「不謹慎」と小林秀雄は、たしなめられている事実を指摘しておられる。真珠湾攻撃の新聞の写真を見ての感想で、これも初出と異同があるが、感想「戦争と平和」（『文學界』一九四二年三月）である。

つまり小林秀雄は、「臣民化」されるには、〈政治的ノイズ〉が多すぎたのである。同じ理由で、左翼にも同調しきれない政治感覚であった。これは、本書で述べたように、吉田凞生氏の実証した説のとおりである。しかし、やはり小林秀雄は、「文学の聖なる火」を持っている、という私の確信は変わらない。

失礼とは思ったが、学界のルーティンになっている「参考文献一覧」は、本書に特化した変則的なものにさせていただいた。労を惜しまなければ、多くの他書ですぐ見つかるからである。屋上屋を架するを避けたまでである。決して学恩を忘れたわけではない。

いつもあたたかい励ましのお言葉をかけてくださる東郷克美先生、「九条の会」の事務局で超多忙な小森陽一氏には、感謝の言葉もないくらいである。

また、編集部の高梨治氏にも、ことあるごとに的確な指示を出していただき、ご尽力くださったことに厚く御礼を申し上げる次第である。

二〇一六年二月　　大仙市南外にて

佐藤公一

【著者紹介】
佐藤公一
（さとう・こういち）

1954 年秋田県生まれ、1977 年早稲田大学教育学部卒業、
1982 年北海道大学大学院文学研究科修士課程修了、
1995 年秋田大学教育学部非常勤講師、
現在、文芸批評家
主な著書『講座　昭和文学史　第 2 巻』（有精堂、1987 年、分担執筆）、
『モダニスト伊藤整』（有精堂、1992 年）、
『エクリチュールの横断』（無明舎、1993 年）、
『小林秀雄の批評芸術』（アーツアンドクラフツ、2013 年）
など多数。

Sairyusha

小林秀雄《こばやしひでお》のリアル
創造批評《そうぞうひひょう》の《受胎告知《じゅたいこくち》》

二〇一六年四月一日　初版第一刷

著者――佐藤公一
発行者――竹内淳夫
発行所――株式会社 彩流社
〒102-0071
東京都千代田区富士見2-2-2
電話：03-3234-5931
ファックス：03-3234-5932
E-mail：sairyusha@sairyusha.co.jp
印刷――モリモト印刷（株）
製本――（株）難波製本
装丁――長澤 均（papier collé）

ISBN978-4-7791-2225-5 C0095
http://www.sairyusha.co.jp